Leckere Marmeladen

Dr. Barbara Rias-Bucher

Leckere Marmeladen

Weltbild

Inhaltsverzeichnis

Die Grundtechniken

Noch vor nicht allzu langer Zeit war das Konservieren von Obst ein wichtiger Bestandteil des jährlichen Küchenfahrplans, denn die Früchte des Sommers mussten für den Winter haltbar gemacht werden. Inzwischen ist das Einkochen keine Notwendigkeit mehr, sondern ein wunderbares Hobby.

Heute ist es ein Leichtes, mit hausgemachten Marmeladen, Konfitüren, Gelees und süßen Aufstrichen den neuesten kulinarischen Trends zu folgen – frisches Obst und tiefgekühlte oder getrocknete Früchte gibt es das ganze Jahr über.

Mit süßem Eingemachtem lassen sich Desserts, aber auch pikante Saucen, Dressings und Marinaden raffiniert verfeinern. Und als Geschenk schließlich ist solch eine selbst gemachte Köstlichkeit eine besonders persönliche Geste.

Was Sie brauchen

Süße Aufstriche sind nicht nur einfach und schnell herzustellen, sondern auch lange Zeit haltbar. Dabei erzielen Sie ohne besondere Erfahrung die köstlichsten Ergebnisse. Es genügt, wenn Sie die wichtigsten Grundregeln kennen. Grundsätzlich sollten Sie bei der Auswahl von Früchten und anderen Zutaten mit größter Sorgfalt vorgehen. Die hier vorgestellten Rezepte und Tipps garantieren ihnen eine problemlose Zubereitung und kulinarischen Erfolg.

Küchenwaage: Die Waagschale Ihrer Küchenwaage sollte möglichst groß sein.

Besonders wichtig für das Gelingen der süßen Köstlichkeiten ist der Einkochtopf. Er sollte schwer sein und einen dicken Boden besitzen. Bei der übrigen Ausstattung kann improvisiert werden.

Ausstattung

Meist sind die wichtigsten Gerätschaften, die man zum Kochen von Marmeladen und Konfitüren braucht, schon in der Küche vorhanden. Beim Zerkleinern größerer Mengen an Obst oder anderen Zutaten leisten zusätzlich Mixer, Zauberstab oder Küchenmaschine wertvolle Dienste.

Messer: Sie brauchen ein mittelgroßes Messer zum Schneiden und ein kleines zum Schälen der Früchte.
Schäler: Optimal zum Schälen oder Häuten von Früchten ist ein Gemüseschäler mit beweglicher Klinge.
Zitruspresse: Sie sollte einen möglichst tiefen Behälter sowie einen Ausgießer und ein feines Sieb für die Kerne haben.
Reibe: Zum Abreiben von Zitrusschalen ist eine robuste Kastenreibe mit festem Stand hilfreich.
Nussknacker: Er eignet sich hervorragend zum Knacken von Fruchtkernen und -steinen.
Feines Sieb: Verwenden Sie ein Sieb aus rostfreiem Stahl oder hitzebeständigem Kunststoff, auf keinen Fall aus Aluminium.

Stoffsäckchen: Häufig werden Fruchtreste, wie Kerne, Kerngehäuse und Schalen, zusammen mit dem Fruchtfleisch gekocht und vor dem Hinzufügen des Zuckers wieder entfernt. Sie können zu diesem Zweck einen Beutel aus feiner Baumwolle (Mull oder Musselin) nähen, der oben mit einer Zugschnur verschlossen wird. Nach Gebrauch wird das Säckchen ausgespült, in einer Sterilisationslösung eingeweicht und dann in frischem Wasser ausgekocht. Oft genügt es auch, wenn Sie ein Stoffquadrat zu einem Beutel verknoten.
Löffel: Sie brauchen einen hölzernen, auf jeden Fall aber hitzebeständigen Löffel zum Rühren der Fruchtmasse, einen Schaumlöffel zum Entfernen von Kernen oder Gewürzen sowie ein feines Abschäumsieb aus Metall.

Spezielle Ausstattung

Folgende Gerätschaften braucht man beim Einkochen von Obst unbedingt:
Einkochtopf: Idealerweise hat er einen großen Durchmesser und besitzt leicht abgeschrägte Wände, um möglichst viel Einmachgut zu fassen. Alternativ dazu können Sie auch eine große Kasserolle verwenden. Töpfe aus unbeschichtetem Aluminium, Gusseisen oder Kupfer sollten Sie nicht einsetzen, da die in den Früchten enthaltene Säure mit diesen Materialien reagiert. Empfehlenswert sind Behältnisse aus rostfreiem Edelstahl.
Zuckerthermometer: Die sicherste Methode, um zu prüfen, ob die Masse bereits den richtigen Festigkeitsgrad erreicht hat, ist das Messen der Temperatur. Am besten verwenden Sie dafür ein Zuckerthermometer mit Haken, das am Topfrand eingehängt werden kann.
Saftbeutel mit Halterung: Er empfiehlt sich, wenn Sie häufig Gelees herstellen. Das gekochte Fruchtmus wird in den Beutel gefüllt, und der Saft tropft in die darunter stehende Schüssel.
Marmeladetrichter: Ein solcher Spezialtrichter ist keine kostspielige Anschaffung und unverzichtbar, soll die Marmelade bequem und ohne viel Kleckern in die Gläser gefüllt werden. Trichter gibt es aus verschiedenen Materialien; davon eignet sich am besten rostfreier Edelstahl.

Improvisation ist erlaubt

Für die Zubereitung Ihres ersten Gelees müssen Sie nicht gleich einen speziellen Saftbeutel kaufen. Seien Sie erfinderisch und improvisieren Sie mit den vorhandenen Haushaltsgegenständen. Legen Sie ein großes, rostfreies Edelstahlsieb mit einer doppelten Lage dünnem Baumwollstoff aus – stattdessen können Sie auch ein sauberes Küchentuch verwenden. Platzieren Sie dann ein Kuchen- oder Grillgitter auf einer großen Schüssel und stellen Sie das mit dem Tuch ausgelegte Sieb darauf. Das Sieb sollte so groß sein, dass der ganze Fruchtbrei darin Platz hat. Ebenso sollte die Schüssel die gesamte Saftmenge auffangen können.
Als andere Möglichkeit bietet sich eine altbewährte Methode aus Großmutters Zeiten an. Man stellt einen Hocker umgekehrt auf die Arbeitsfläche oder auf den Küchentisch, befestigt die Enden eines Mulltuchs an den Schemelbeinen und stellt darunter eine große Schüssel. Der ins Mulltuch gefüllte Fruchtbrei kann nun langsam – am besten über Nacht – abtropfen.

Ein Marmeladetrichter tut Ihnen gute Dienste, wenn Sie die heiße Masse in die Gläser füllen. Mit seiner Hilfe können Sie die Gläser leicht, ohne Kleckern und ohne verbrannte Finger befüllen. Nehmen Sie am besten einen Trichter aus Edelstahl; Plastik kann sich verformen, Aluminium oxidiert und verfälscht den Geschmack der Marmelade.

Die wichtigsten Zutaten

Grundvoraussetzung für das Gelingen der Rezepte sind hochwertige Zutaten im korrekten Mengenverhältnis. Entscheidend ist daneben der Pektingehalt der Früchte sowie das Verhältnis von Zucker und Obst. Das Geheimnis des Erfolgs liegt in der sorgfältigen Abstimmung aller Zutaten.
Die Grundlage der meisten Konfitüren, Marmeladen und Gelees bilden Früchte und Zucker, denen weitere Zutaten beigefügt werden können. Besonders wichtig ist, dass Eingekochtes die richtige Festigkeit erreicht. Konfitüren und Marmeladen haben meist eine musige, Gelees eine festere Konsistenz. Bei kompottartigen Zubereitungen schwimmen ganze Früchte oder größere Fruchtstücke in einem dicklichen Sirup.

Früchte guter Qualität sind das A und O fürs Gelingen Ihrer Marmelade. Angefaulte oder schimmelige Ware sollte Ihnen auf keinen Fall in den Topf kommen. Die Früchte sollten auf kleiner Hitze köcheln, damit sie den Saft abgeben und weich werden. Kocht man sie zusammen mit dem Zucker, bleiben sie eventuell hart.

Die Auswahl der Früchte

Das ausgewählte Obst sollte genügend Pektin und Fruchtsäure enthalten. Pektin ist eine gummiähnliche Substanz in den Zellwänden der Früchte, die beim Kochen freigesetzt wird. In Verbindung mit Zucker lässt es dabei das Einkochgut gelieren und fest werden. Fruchtsäure zersetzt die Zellwände und unterstützt die Freisetzung des Pektins.
Früchte, die schon ganz reif zum Verzehr sind, haben zwar einen intensiveren Geschmack, aber einen geringeren Pektinanteil als solche, die noch nicht ganz reif sind. Deshalb ist eine Kombination von unreifen und reifen Früchten zum Marmeladekochen besonders empfehlenswert.
Überreifes Obst kann zusammen mit reifen oder noch leicht unreifen Früchten zur Herstellung von delikaten Aufstrichen verwendet werden, die kein Pektin zum Festwerden benötigen.
Fallobst oder Obst mit Druckstellen lässt sich einmachen, wenn man die schadhaften Stellen sorgfältig entfernt. Schimmeliges Obst jedoch sollte ausnahmslos in den Abfall wandern.

Zugabe von Geliermitteln und Gewürzen

Wenn die Früchte nur einen geringen Anteil an Pektin oder Säure besitzen, müssen Zusätze beigefügt werden. Man kann zum Beispiel Fruchtreste mit hohem Pektinanteil mitkochen. Obstschalen, -häutchen und -kerne werden dann entweder in einem Säckchen oder in Form eines separat gekochten Auszugs zugegeben. Sehr praktisch sind auch fertige Einmachhilfen.
Säure, zum Beispiel Zitronensäure, erhält die Farbe der Früchte und betont ihr Aroma. Außerdem trägt sie dazu bei, dass die Marmelade nicht zu sehr nach Zucker schmeckt. Ein idealer Säurelieferant ist die Zitrone, die auch etwas Pektin enthält. Man kann auch Zitronensäure aus der Apotheke oder der Drogerie verwenden. Dabei entsprechen etwa 2,5 Milliliter oder ein halber Teelöffel Zitronensäure einer Menge von 30 Milliliter oder zwei Esslöffeln frischem Zitronensaft.

Kräuter- und anderen Gelees, die zu pikanten Gerichten wie Geflügel oder Fleisch gereicht werden, setzt man häufig etwas Essig zu. Zusammen mit dem Pektin und dem Zucker trägt er zur richtigen Festigkeit des Gelees bei.

Zucker

Zucker ist die wichtigste Zutat beim Herstellen von Marmeladen, Konfitüren, Gelees und Fruchtaufstrichen. In hoher Konzentration verhindert er, dass sich in den Früchten Mikroorganismen (Bakterien, Hefepilze und Schimmel) bilden. Gleichwohl darf die Zuckermenge nicht so groß sein, dass es bei langer Lagerung zur Kristallisierung kommt. Für die ideale Festigkeit und eine gute Lagerfähigkeit des Eingekochten sollte der verwendete Zucker einen Anteil von etwa 65 Prozent am Fertiggewicht der Marmelade besitzen.
Es gibt jedoch auch Konfitüren und Gelees mit niedrigerem Zuckergehalt. Hier hängt die Haltbarkeit stark von der Lagerung ab. Erforderlich ist auf jeden Fall ein dunkler, möglichst kühler Platz. Als Faustregel gilt: Je niedriger der Zuckergehalt, desto geringer ist die Haltbarkeit. Gegen ein allzu schnelles Verderben der Marmelade können Sie Vorsichtsmaßnahmen ergreifen, indem Sie z.B. ein in hochprozentigen Rum oder reinen Alkohol getränktes Stück Pergamentpapier oben auf die Marmelade legen, bevor Sie das Glas verschließen. Das Pergamentpapier verhindert, dass Sauerstoff an die Marmelade kommt, und der Alkohol tötet eventuell vorhandene Bakterien ab. Generell ist aber Marmelade mit geringerem Zuckeranteil für den schnellen Verbrauch bestimmt.
Im Handel sind spezielle Zuckersorten erhältlich, allerdings kann für die meisten Rezepte auch normaler Kristallzucker verwendet werden. Einmachzucker ist grobkörnig, die Kristalle lösen sich beim Erhitzen langsamer und gleichmäßiger auf; deshalb genügt es, die Masse nur gelegentlich umzurühren. Zudem führt er seltener zu Schaumbildung und verleiht dem Einmachgut eine leuchtendere Farbe.
Die Verwendung von Gelierzucker mit Zusatz von Pektin und Zitronensäure ist der einfachste und schnellste Weg zu gelungenen Konfitüren und Gelees.

Die Fruchtreste des Apfels enthalten viel Pektin. Man lässt sie etwa 30 Minuten lang in einer mit Wasser gefüllten Kasserolle köcheln und verwendet dann die abgeseihte Flüssigkeit, wie Sie auf dem Bild links sehen.

Moderne Zutaten, köstliches Aroma

Aufregende neue Geschmacksvarianten lassen sich durch Zugabe von ungewöhnlichen Aromen erzielen. Das macht die traditionellen Einkochtechniken bei Konfitüre und Gelee auch für die moderne Küche reizvoll.

Aromatische Zusätze

Raffiniert schmecken Marmeladen, Konfitüren und Gelees, wenn man verschiedene Fruchtarten kombiniert. Auch die Zugabe von Kräutern, Gewürzen, Nüssen und Blüten verfeinert das Aroma.

Kräuter: Aromatische Kräuter kommen gut in Gelees zur Wirkung, die zu pikanten Gerichten gereicht werden. Minze, Estragon, Thymian, Salbei und Rosmarin eignen sich ausgezeichnet für Zitrus- und Apfelgelees. Ein verführerisch mediterranes Aroma entsteht, wenn Sie Oregano zu Orangengelee oder eine Mischung aus Thymian und Estragon zum Quittengelee geben – Varianten, die vorzüglich zu Lamm- oder Wildgerichten passen.

Gewürze: Nelken oder auch Zimt sind wichtige Geschmackszutaten für viele Arten von Apfelgelee und für Fruchtaufstriche. Kardamom, Sternanis, Fenchel, Anissamen und Kümmel können ebenfalls zur Aromatisierung von Gelees und Aufstrichen verwendet werden. Wenn man mit Essig verfeinerte Gelees oder Fruchtaufstriche herstellen möchte, sollte man die stärkeren Gewürze mit Früchten kombinieren, die bereits selbst ein intensives Aroma besitzen – wie zum Beispiel Orangen, Kumquats oder Mangos.

Nüsse: Mandelsplitter passen besonders gut zu Konfitüren aus Steinobst, während Walnüsse, Pecan- und Haselnüsse jeglicher Sorte von süßem Eingemachtem beigefügt werden können. Solche Konfitüren, Marmeladen oder Gelees müssen allerdings innerhalb von zwei bis drei Monaten aufgebraucht werden, da die Nüsse wegen ihres hohen Fettgehalts bei längerer Lagerung ranzig werden.

Saftige und zarte Früchte wie beispielsweise Himbeeren werden beim Kochen schnell weich. Sie ziehen auch so schnell Saft, dass Sie keine Flüssigkeit dazugeben müssen. Generell gilt: Je mehr Eigenflüssigkeit Ihr Kochgut besitzt, desto weniger Flüssigkeit müssen Sie verwenden (Bild links). Zitrusfrüchte werden im Ganzen oder in Hälften gekocht und dann als Zusatz zur Marmelade grob zerkleinert. Verwenden Sie zum Marmeladekochen auf jeden Fall nur unbehandelte Früchte, die Mittel, mit denen Zitrusschalen behandelt werden, sind giftig (Bild rechts).

Feste Marmeladen und Konfitüren passen ideal zu englischen Scones, den leckeren Milchbrötchen, die mit Sahne zum Tee gereicht werden. Feste Gelees sind auch eine schmackhafte Ergänzung zum Käse. Flüssigere Varianten schmecken gut zu französischen Croissants, und man kann mit ihnen hervorragend Desserts und Eisbecher verfeinern.

Blüten: Blütenaromen eignen sich zur Aromatisierung von Gelees und verfeinern auch Eingemachtes aus Beeren, wie etwa Himbeeren. Besonders zu empfehlen ist die Verwendung von Orangenblüten- und Rosenwasser.

Arten der Zubereitung

Eingekochte Früchte: In einem dicklichen Sirup schwimmen große Fruchtstücke. Wichtig sind fruchtiges Aroma und eine ansprechende Farbe.
Konfitüre: Sollte weder zu flüssig noch zu fest sein und eine gute Streichfähigkeit sowie ein ausgeprägtes Aroma besitzen. Der Gesamtzuckergehalt – er umfasst fruchteigenen wie auch den zugesetzten Zucker – beträgt rund 65 Prozent. Auf keinen Fall darf der Zucker das Aroma der Früchte überdecken.
Gelee: Ganz gleich, ob weich oder fest – die transparente, homogene Zubereitung aus Fruchtsaft und Zucker sollte ein ausgeprägtes, feines Aroma besitzen. Gelees können mit Gewürzen interessant verfeinert werden.
Marmelade: Nach den EU-Richtlinien darf als Marmelade nur noch eine Zubereitung aus Zitrusfrüchten und Zucker (Gesamtzuckergehalt etwa 65 Prozent) in Form von festem Gelee mit Schalenstückchen oder als Konfitüre mit Fruchtstückchen bezeichnet werden. Bei uns hat das Wort aber auch noch eine allgemeine Bedeutung, zumal, wenn es sich um selbst gemachte Köstlichkeiten handelt.
Fruchtaufstrich: Dies ist eine Zubereitung, die der Konfitüre ähnelt, aber wesentlich weniger Zucker enthält. Dabei kann der Zucker auch durch andere Süßungsmittel, beispielsweise Honig, ersetzt worden sein. Typisch für die aromatischen und gehaltvollen Fruchtaufstriche ist eine musartige, zähflüssige Konsistenz. Man verfeinert diese Art von Aufstrichen gern mit Gewürzen oder Alkohol.

Das Kochen der Früchte

TIPP

Beim Wiegen und Messen der Früchte sollten Sie sich unbedingt an die Mengenangaben in den Rezepten halten. Denn nur wenn Zucker und Früchte im richtigen Verhältnis zueinander verarbeitet werden, ist gewährleistet, dass die fertige Zubereitung die richtige Konsistenz, einen guten Geschmack und eine lange Haltbarkeit besitzt. Nehmen Sie für Früchte und Zucker immer eine geeichte Waage, für Fruchtsäfte brauchen Sie einen Messbecher.

Dieser Arbeitsschritt ist der wichtigste bei der Zubereitung von Marmeladen und Konfitüren. Die Früchte sind zerkleinert und vorbereitet, jetzt wird Fruchtsäure zugegeben, um die Freisetzung von Pektin zu unterstützen. Mit größeren Mengen Zucker wartet man, bis die Früchte ganz weich sind.

Früchte kochen für Konfitüren

Saftige, weiche Früchte wie Himbeeren werden meist ohne Zugabe von Wasser gekocht. Überstreuen Sie die Früchte mit einem oder zwei Esslöffeln Zucker von der abgemessenen Zuckermenge und lassen Sie sie bei niedriger Temperatur köcheln, bis sich Saft bildet. Dann erhöhen Sie die Temperatur und warten, bis die Früchte vollkommen weich sind. Bei weniger saftigen Früchten geben Sie zwei Esslöffel Wasser dazu. Früchte mit viel Eigenflüssigkeit wie Rhabarber oder Pflaumen brauchen weniger Wasser.

Früchte für Gelee vorbereiten

Gelees werden aus Früchten mit hohem Pektingehalt hergestellt. Bedecken Sie die Früchte mit Wasser, lassen Sie sie so lange sanft köcheln, bis sie weich sind und fast zerfallen. Dann geben Sie den Topfinhalt in den Saftbeutel oder das Safttuch (☞ Seite 9) und lassen das Ganze mehrere Stunden lang abtropfen. Die gewonnene Flüssigkeit ist noch trüb, wird aber klar, wenn sie mit Zucker gekocht worden ist. Achtung: Wenn Sie den Saftbeutel auspressen, bleibt das Gelee trüb! Gelierzucker macht es möglich, auch aus Früchten mit geringem Pektingehalt Gelee zu kochen.

Kochen von Zitrusfrüchten

Zitrusfrüchte werden als Ganzes oder in Hälften so lange gekocht, bis sie völlig weich sind. Nach dem Abkühlen wird die Masse abgeseiht, die Flüssigkeit kommt zurück in den Topf. Dann werden die Früchte je nach Rezept grob oder fein geschnitten und nach dem Entfernen der Kerne wieder zur Flüssigkeit gegeben.

Kochen verschiedener Früchte

Zuerst kocht man die festen Früchte, die weichen gibt man später dazu. Äpfel und Rhabarber zum Beispiel kommen zuerst in der Topf. Sobald sie weich sind, werden auch die Erdbeeren mitgekocht.

Der Pektintest

Wenn Sie Zweifel über den Pektingehalt der Früchte haben, dann sollten Sie einen Test machen. Geben Sie etwa zwei Esslöffel der gekochten Fruchtmasse in ein Glas und warten Sie, bis diese Menge vollkommen ausgekühlt ist. Danach fügen Sie etwa dieselbe Menge Spiritus hinzu, schütteln das Ganze leicht und lassen es fest werden. Bildet sich nur ein Geleeklumpen, enthalten die Früchte genügend Pektin. Entstehen zwei oder drei kleinere Klümpchen, dann ist der Pektingehalt eher gering, und das Kochgut wird ohne Nachhelfen nicht sehr fest werden. Bei vielen kleinen Klümpchen reicht das Pektin auf keinen Fall aus und muss durch selbst gemachtes oder gekauftes Pektin ergänzt werden.

Pektin selbst machen oder kaufen

Zum Eindicken von Kochgut mit niedrigem Pektingehalt fügt man einen Brei aus gekochten Früchten mit hohem Pektingehalt zu, etwa aus Stachelbeeren oder Kochäpfeln, der durch ein Sieb gestrichen wurde. Pektin gibt es flüssig oder als Pulver im Handel. In Gelierzucker ist natürliches Pektin mit dem Zucker bereits kombiniert.

Der Pektingehalt verschiedener Früchte

Die nachstehende Liste gibt Auskunft über den Pektingehalt verschiedener Früchte. Dieser hängt von Qualität, Reifegrad und Sorte ab. So besitzen manche Pflaumen- bzw. Zwetschenarten einen höheren Pektingehalt als andere.
Bei Früchten mit einem hohen oder mittleren Pektingehalt brauchen Sie für je 500 Gramm ungekochte Früchte 500 Gramm Zucker sowie den Saft einer halben Zitrone. Für schwarze und rote Johannisbeeren sowie Quitten gilt: 525 Gramm Zucker auf 500 Gramm Früchte.
Früchte mit einem niedrigen Pektingehalt erfordern 370 Gramm Zucker sowie zusätzliches Pektin und den Saft einer halben Zitrone. Hier empfiehlt sich besonders die Verwendung von Gelierzucker statt normalem Zucker. Ohnehin ist Gelierzucker praktisch, wenn Sie noch nicht viel Erfahrung beim Marmeladekochen haben.

Hoher Pektingehalt	Mittlerer Pektingehalt	Niedriger Pektingehalt
Damaszenerpflaumen	Aprikosen	Ananas
Grapefruit	Brombeeren	Datteln
Kochäpfel	Heidelbeeren	Erdbeeren
Limetten	Himbeeren	Feigen
Preiselbeeren	Loganbeeren	Holunderbeeren
Quitten	Mandarinen	Kirschen
Rote Johannisbeeren	Mispeln	Kiwis
Schwarze Johannisbeeren	Orangen (süß)	Mangos
Stachelbeeren	Pflaumen (je nach Sorte)	Pfirsiche
Zitronen	Renecloden	Rhabarber
	Zwetschen	Weintrauben

TIPP

Schale, Haut, Kerne und Steine der Früchte, auch die weiße, pelzige Haut von Zitrusfrüchten, enthalten Pektin oder liefern Aroma und werden daher gern mit eingesetzt. Schneiden Sie die Fruchtreste grob und geben Sie sie zusammen mit den Kernen auf ein Stück dünnen Baumwollstoff. Binden Sie dieses zu einem Säckchen zusammen und befestigen Sie es mit einer langen Schlaufe am Topfgriff. Nach dem Kochen können Sie das Säckchen noch einmal kräftig ausdrücken und dann wegwerfen.

Zugabe von Zucker

Erst beim Kochen mit Zucker verwandeln sich die köstlichen Mischungen aus Fruchtmus oder Saft und aromatischen Ingredienzen in erlesene Marmeladen, Konfitüren und Gelees. Pektin und Fruchtsäure reagieren mit dem Zucker und lassen die Fruchtmischung fest werden. Machen Sie während des Kochvorgangs immer wieder die Gelierprobe, damit Sie wissen, wann Ihre Marmelade fertig ist.

Der richtige Zeitpunkt

Fügen Sie den Zucker erst dann hinzu, wenn die Früchte vollständig weich gekocht sind. Rühren Sie so lange, bis sich die Kristalle aufgelöst haben. Allerdings darf die Mischung dabei nicht kochen. Wenn der Zucker vorher angewärmt wird, löst er sich schneller und gleichmäßiger auf. Ein solcher Arbeitsschritt lohnt sich aber nur, wenn

TIPP

Die zur Herstellung von Marmeladen, Konfitüren und Gelees verwendeten Früchte haben einen unterschiedlichen Gehalt an eigenem Zucker. Er ist allerdings in den allermeisten Fällen so niedrig, dass er bei der Bemessung der erforderlichen Gesamtzuckermenge nicht ins Gewicht fällt.

Einkochen mit Zucker

Zucker zugeben

Wenn sich Schaum bildet, sollte er abgeschöpft werden. Durch Zugabe von etwas Butter geht die Schaummenge zurück.

Zucker auflösen

Den Zucker vorsichtig in die gekochte Masse geben. Dann so lange bei geringer Hitze einrühren, bis er sich vollständig aufgelöst hat.

Kochen mit Zucker

Hat sich der Zucker aufgelöst, bringt man das Einmachgut zum Kochen. Ab und zu umrühren, damit die Masse nicht anbrennt.

Sie große Mengen einkochen wollen. In diesem Fall lässt man den Zucker langsam in einer feuerfesten Schüssel im Backofen oder in einem geeigneten Gefäß in der Mikrowelle warm werden.

Kochen

Erst nachdem sich der Zucker vollständig aufgelöst hat, darf die Fruchtmasse kochen. Dabei sollte sie gleichmäßig sprudeln. Zu Beginn rühren Sie mit dem Kochlöffel gelegentlich um, damit nichts ansetzt. Beginnt die kochende Masse zu spritzen, nehmen Sie die Hitze etwas zurück und rühren erneut mit dem Kochlöffel gut durch, um ein Anbrennen zu verhindern.

Die richtige Kochzeit

Beim Kochvorgang verdampft ein Teil der Flüssigkeit, und es kommt zu einer Konzentration des Zuckers. So bleibt der frische Fruchtgeschmack erhalten. Als Faustregel gilt: Die Fruchtmasse sollte mindestens fünf, aber nicht länger als zwanzig Minuten kochen – gerade so lange, bis der Gelierpunkt erreicht ist.

TIPP

Typisch für Gelee ist sein kristallklares Aussehen. Es stellt sich erst ein, nachdem der zunächst noch trübe Fruchtsaft mit Zucker gekocht worden ist. Dazu dürfen Sie allerdings die Früchte bei der Saftbereitung nicht zu kräftig ausdrücken, andernfalls bleibt das Gelee trotz allen Kochens trüb – was freilich dem guten Geschmack keinen Abbruch tut.

Die Gelierprobe

Größere Mengen Schaum schöpft man ab, wie auf dem Bild rechts zu sehen ist. Stören dabei die Fruchtstücke, die an der Oberfläche schwimmen, so gibt man ein Stückchen Butter dazu. Die Butter lässt den Schaum zusammenfallen, ohne den Geschmack der Marmelade zu verändern.

Fest oder nicht fest, das ist jetzt die Frage. Sie stellt sich spätestens, wenn die Fruchtmasse beginnt, sprudelnd zu kochen. Drei bewährte Tests zur Ermittlung des Gelierpunkts stehen zur Wahl.

Der Temperaturtest

Diese Methode ist nicht nur die einfachste, sondern sie liefert auch den sichersten Hinweis darauf, ob die Masse bereits geliert oder nicht. Die Temperatur wird mit dem Zuckerthermometer gemesen. Erwärmen Sie dieses zunächst langsam in heißem Wasser, um zu verhindern, dass es springt. Dann halten Sie es in das heiße Kochgut, wobei es den Topfboden jedoch nicht berühren darf. Lesen Sie die Temperatur ab, während das Thermometer in der Fruchtmasse steckt. Hat sie 105 °C erreicht, so ist es in der Regel soweit: Der Topf kann vom Herd genommen werden, denn das Gelee ist fertig.

Der Fließtest

Mit diesem Test prüfen Sie, ob das Kochgut bereits geliert. Mit einem Kochlöffel nehmen Sie etwas von der heißen Fruchtmasse auf und lassen sie wieder in den Topf zurückgleiten. Die Masse sollte sich dabei nicht restlos vom Löffel lösen, sondern große Tropfen bilden, die an der Unterseite des Löffels hängen bleiben.

Die klassische Probe

Wenn das Kochgut Ihrer Meinung nach geliert, nehmen Sie den Topf vom Herd. Lassen Sie etwa einen Teelöffel der kochendheißen Masse auf eine Untertasse tropfen und stellen Sie diese kurz in den Kühlschrank. Nach etwa zwei Minuten üben Sie mit dem Finger leichten Druck aus. Wenn der Gelierpunkt bereits erreicht ist, hat sich auf der erkalteten Masse ein feines Häutchen gebildet, das durch die Bewegung faltig wird. Trifft dies nicht zu, kochen Sie die ganze Masse noch ein paar Minuten lang und wiederholen dann den Vorgang.

Schaumbildung vermeiden

Während des Kochens bildet sich häufig Schaum an der Oberfläche. Enthält das Kochgut große Fruchtstücke, die im Schaum schwimmen, sollten Sie nach dem Kochen ein Stückchen Butter unterrühren. Das Fett lässt den Schaum zusammenfallen, ohne das Kochgut geschmacklich zu beeinträchtigen.

Abschäumen

Der Schaum lässt sich auch mit einem großen Metalllöffel abschöpfen. Besonders wichtig ist das Abschäumen bei Gelee, da es eine kristallklare Beschaffenheit haben sollte.
Der Schaum schmeckt ganz gut, man muss ihn aber schnell verzehren.

Die richtige Methode

Fließtest

Tauchen Sie einen Löffel in die kochende Fruchtmasse ein. Wenn Sie ihn wieder herausziehen, sollte ein kleiner Teil der Fruchtmasse am Löffel hängen bleiben. Das bedeutet, der Gelierpunkt ist erreicht und die Kochzeit beendet.

Temperaturtest

Die mit dem Zuckerthermometer gemessene Temperatur weist auf die Zuckerkonzentration hin. Steigt sie durch Verdampfen von Flüssigkeit aus dem Einmachgut so hoch, dass dieses bei 105 °C kocht, dann ist der Gelierpunkt erreicht.

Gelierprobe

Entnehmen Sie dem Topf einen Löffel der Fruchtmasse und lassen Sie sie auf eine Untertasse tropfen. Stellen Sie sie kühl. Nach etwa zwei Minuten drücken Sie mit Ihrem Finger leicht auf die Masse. Wird sie faltig, hat sie geliert.

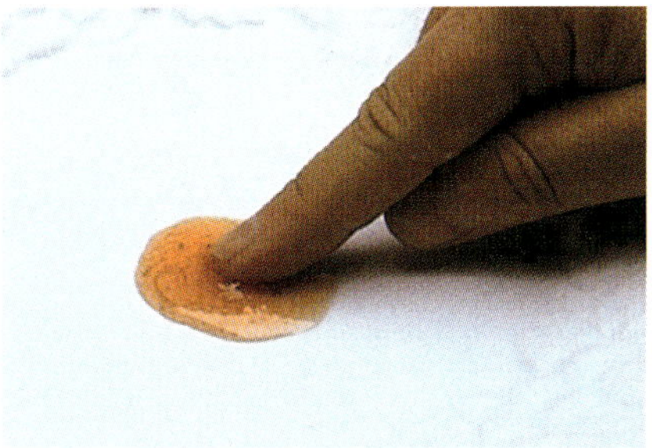

TIPP

Der Festigkeitsgrad von süßem Eingemachtem kann ganz unterschiedlich ausfallen. Klare Fruchtgelees sollten so fest wie möglich sein, vor allem wenn man sie zu pikanten Gerichten als fruchtige Beigabe reichen will. Ansonsten variiert die Konsistenz ganz nach Gusto von zähflüssig bis streichfest.

Gläser und Verschlüsse

Marmeladengläser sollte man zunächst unter praktischen Gesichtspunkten auswählen: Sie müssen hitzebeständig sein und eine ausreichend große Öffnung besitzen, damit Sie sie problemlos füllen und den Inhalt auch einfach wieder entnehmen können. Der Fachhandel bietet Gläser ohne Deckel – zum Verschließen mit Einmachhaut aus Cellophan – und Gläser mit ein- oder zweiteiligem Schraubdeckel an. Praktisch und kostenlos sind Schraubgläser von gekauften Marmeladen oder auch von Joghurt, die im Haushalt immer wieder anfallen und wiederverwertet werden können. Auch kleinere Einmachgläser mit Schnappverschluss eignen sich gut. Wem die einfachen Gläser für den Frühstückstisch zu schlicht sind, kann den köstlichen Inhalt ja später in einen der hübschen speziellen Marmeladetöpfe umfüllen.

Die Gläser prüfen

Bevor die Kochaktion beginnt, werden alle Gläser genau überprüft. Das gilt für die neu gekauften und ganz besonders für solche, die man wieder verwendet. Am Rand des Glases darf es keine schadhaften Stellen geben, da sonst der Deckel nicht perfekt schließt und hier auch weitere Splitter abbrechen können. Deckel mit Rostansatz sind wegzuwerfen, denn das Metall kann mit der Fruchtsäure chemisch reagieren.

Marmeladengläser gibt es in vielen Formen und Größen (→ unten). Natürlich lassen sich auch bereits gebrauchte Gläser verwenden. Diese sollten aber hitzebeständig und unbeschädigt sein. Aus einem hübschen Glas schmeckt die Marmelade gleich noch mal so gut.

Fremdgerüche

Gebrauchten Gläsern haftet häufig noch etwas vom Geruch der vorher darin aufbewahrten Nahrungsmittel an. Schwache Fremdgerüche lassen sich beseitigen, indem man das Glas über Nacht in eine sterilisierende Lösung oder in Essig legt.

Das Verschließen

Der ideale Verschluss ist ein exakt abschließender Schraubdeckel, der, solange das Kochgut noch heiß ist, fest zugedreht wird. So bildet sich beim Abkühlen des Inhalts im Glas ein Vakuum, das dazu beiträgt, die Marmelade lange haltbar zu machen. Zum Verschließen des Gefäßes können Sie auch Einmachhaut aus Cellophan verwenden.

Dekorative Deckel

Ein dekorativer Verschluss macht Glas und Inhalt noch attraktiver – so wird Konfitüre oder Gelee zum originellen Geschenk. Die süßen Aufstriche wirken aber auch in Ihrem eigenen Küchenbüffet oder in der Speisekammer besonders verlockend, wenn sie sich in hübsch verzierten Gefäßen präsentieren. Der schmucklose Deckel beispielsweise, der das Glas luftdicht verschließt, lässt sich mit einem in Form geschnittenen Stoffrest oder Buntpapier abdecken.

Schöne Gefäße

Der Handel bietet hübsche Marmeladengefäße in verschiedensten Ausführungen an. Da sie für den alsbaldigen Verzehr gedacht sind, müssen sie nicht luftdicht abschließen.

TIPP

Gläser mit Schraubverschluss sind für die Lagerung von selbst gemachten Marmeladen und Gelees sicher die beste Lösung. Auf einem liebevoll gedeckten Frühstückstisch wirken sie jedoch möglicherweise nicht sonderlich attraktiv. In kleinen Mengen kann die Marmelade dann gut in andere Gefäße umgefüllt werden. Sie sollten sie dann aber im Kühlschrank aufbewahren.

Gläser füllen

Sorgfältig abgefüllt und gut verschlossen halten sich die süßen Köstlichkeiten monatelang frisch.

Die Vorbereitung

Die Gläser und Verschlüsse werden in einer Sterilisationslösung gereinigt und zum Trocknen mit der Öffnung nach unten auf ein mit einem Tuch bedecktes Backblech gestellt. Schieben Sie dieses nun für mindestens zehn Minuten in den auf niedrigster Stufe vorgeheizten Backofen. So sind die Gläser beim Einfüllen trocken und warm. Die Deckel brauchen Sie nicht anzuwärmen.Sie werden ohnehin warm, wenn Sie die Marmelade ins Glas eingefüllt haben und den Deckel über der noch heißen Masse schließen.

Marmelade, Konfitüre und Gelee

Marmeladen und Konfitüren gibt man mit einer Schöpfkelle durch den Einfülltrichter ins Glas, während Gelees auch ohne dieses Utensil eingefüllt werden können. Bei Verwendung des Trichters gießen Sie das Gelee seitlich auf; ohne diesen sollte das Glas beim Abfüllen leicht schräg gehalten werden. Die Masse muss langsam in die Gläser fließen, damit sich möglichst wenig Schaum und Bläschen bilden. Füllen Sie die Gläser fast bis zum Rand, dann bleibt bis zum Deckel nur wenig Raum für Luft. Wenn sich doch mehr Luftblasen gebildet haben, stoßen Sie das Glas leicht auf der Arbeitsfläche auf.

Damit keine Luftbläschen entstehen, muss Gelee langsam von der Seite eingefüllt werden (→ Bild links oben). Bläschen beeinträchtigen das homogene Aussehen des Gelees. Kommt es zur Bildung von Luftblasen an der Oberfläche, so streichen Sie sie mit dem Finger aus (→ Bild rechts oben). Die transparente Einmachhaut wird passend zurechtgeschnitten und, damit sie dehnbar wird, auf einer Seite mit Wasser angefeuchtet. Dann zieht man sie straff über das Glas (→ Bild links unten). Ein fest um den Glasrand gelegter Gummiring oder ein Band dient als Verschluss. Sie fixieren die Einmachhaut, die während des Trocknens hart wird und sich fest über das Glas spannt (→ Bild rechts unten).

Zitrusmarmeladen und Kräutergelees

Marmeladen mit Schalenstückchen oder Gelees mit gehackten Kräutern müssen Sie vor dem Einfüllen unbedingt einige Minuten lang stehen lassen. Werden sie zu rasch abgefüllt, steigen Schalen bzw. Kräuter an die Oberfläche. Rühren Sie die Masse daher kurz vor den Einfüllen kräftig um und prüfen Sie, ob sich die Zutaten gut verteilt haben.

Verschließen

Das Einmachgut wird normalerweise heiß eingefüllt, so bleiben Glas und Verschluss keimfrei. Schraubdeckel sollten Sie fest zuschrauben und das Glas für einige Minuten auf den Kopf stellen. Dann umdrehen und erkalten lassen. Beim Verschließen mit Einmachhaut aus Cellophan kommt vorher ein passendes Blättchen Wachspapier (Beschichtung nach unten) oder durch hochprozentigen Rum (54 %) gezogenes Pergamentpapier auf die Marmelade. Kalt abgefüllte Aufstriche erhalten in jedem Fall ein sterilisierendes Stück Wachs- oder Rumpapier.

Lagern der Gläser

Versehen Sie die Gläser mit beschrifteten Etiketten (Sorte und Datum der Herstellung) und stellen Sie sie an einen dunklen und kühlen Ort. Zu viel Licht beeinträchtigt Farbe und Aroma Ihrer Marmeladen. Wärme begünstigt die Schimmelbildung und kann ihnen zudem Flüssigkeit entziehen. Falls Sie ein geöffnetes Glas nicht innerhalb weniger Tage aufbrauchen, stellen Sie es am besten in den Kühlschrank. Dort hält sich der Inhalt problemlos über einige Zeit.

Mit Hilfe eines Trichters (→ Bild links) füllen Sie die heiße Marmelade am einfachsten in die Gläser, ohne sich zu verbrennen und ohne allzu viel zu kleckern. Wichtig ist, dass der Rand des Marmeladenglases sauber bleibt, da sich hier sonst allzu leicht Schimmel festsetzt. Wenn Sie wollen, können Sie noch ein Stückchen Stoff oder hübsches Papier über dem Deckel befestigen (→ Bild Mitte). Das bietet sich vor allem an, wenn Sie Marmelade verschenken wollen. Marmeladenbehälter für den Tisch gibt es überall zu kaufen (→ Bild unten).

Fruchtige Rezepte mit Beeren

Wenn die köstlichen Beerenfrüchte reifen, zieht es die passionierten Sammler in die freie Natur oder ganz einfach in den eigenen Garten. Eine Fülle an Möglichkeiten für ihre Einmachkünste bietet sich dort an.

Pektinreiche Johannisbeeren verwandeln sich in funkelndes rubinrotes Gelee, aus frischen Erdbeeren entsteht eine köstlich-lockere Konfitüre, und saftige Himbeeren mit ihrem fruchtigen Aroma sind für jede Art von liebevoll Eingemachtem eine delikate Bereicherung.

Beeren halten sich nicht sehr lange, weshalb sie unbedingt frisch verarbeitet werden müssen. Ist die Ernte (oder die Ausbeute beim Sammeln) zu gering, so bringen Äpfel und andere Früchte Volumen in die verlockenden Rezepte.

Schwarze Johannisbeeren

Sehr aromatisch
Für etwa 4 Gläser à 250 Gramm

•

500 g schwarze Johannisbeeren
250 g Himbeeren
300 ml kräftiger Rotwein • 700 g Zucker

1 Die schwarzen Johannisbeeren von den Rispen zupfen und in einen Einmachtopf geben. Himbeeren hinzufügen, Wein darübergießen und alles zum Kochen bringen. Temperatur herunterschalten. Topf zudecken und etwa 45 Minuten köcheln lassen, bis die Johannisbeeren zerfallen sind.

2 Den Zucker bei schwacher Hitze einstreuen und unter ständigem Rühren völlig auflösen. Die Temperatur erhöhen, die Konfitüre aufkochen und so lange sprudelnd kochen lassen, bis der Gelierpunkt erreicht ist. Abschäumen und in vorbereitete Gläser füllen. Sofort luftdicht verschließen.

TIPP

Die beiden Beerensorten sind eine ausgezeichnete Kombination und ergeben eine Konfitüre mit köstlichem Aroma. Werden die Früchte zusätzlich in Rotwein gekocht, verstärkt sich das Aroma noch – ein Effekt, der sich auch mit Schnaps oder Likör erzielen lässt. Dabei bleibt der Originalgeschmack in jedem Fall erhalten. Freilich sind Konfitüren mit Alkohol nicht für Kinder geeignet.

TIPP

Fruchtkonfitüren werden gern als köstliche Füllungen für Torten aus Biskuitteig eingesetzt. Dazu schneiden Sie die Oberseite des Kuchens ab und bestreichen die Schnittflächen großzügig mit Konfitüre. Anschließend setzen Sie die Teile einfach wieder zusammen. Beliebt ist auch die gefüllte Biskuitrolle.

Säuerliche Erdbeerkonfitüre

Gut als Füllung für Gebäck geeignet
Für etwa 8 Gläser à 250 Gramm

•

700 g rote Johannisbeeren
2 unbehandelte Zitronen
1 kg Erdbeeren • 1,7 kg Zucker

1 Johannisbeeren von den Rispen zupfen und in den Topf geben. Die Zitrone auspressen, den Saft darübergießen, mit den Kernen auf ein Stück Musselin geben, dieses zu einem Säckchen zusammenbinden und zu den Beeren geben. Mit $1/2$ Liter Wasser auffüllen und die Masse zum Kochen bringen. Temperatur herunterschalten, Topf zudecken und die Früchte 45 Minuten lang köcheln lassen, bis sie ganz weich sind.

2 Erdbeeren halbieren. Das Musselinsäckchen aus dem Topf nehmen und gut ausdrücken, damit kein Saft verlorengeht. Nun die Erdbeeren in den Topf geben, die Masse erneut zum Kochen bringen und 5 Minuten köcheln lassen, bis auch die Erdbeeren weich sind.

3 Zucker einstreuen und rühren, bis er sich aufgelöst hat. Jetzt die Masse noch einmal kochen lassen, bis der Gelierpunkt erreicht ist. Konfitüre abschäumen und in Gläser füllen.

Dreifrucht-Konfitüre

Perfekt zu Waffeln und Pfannkuchen
Für etwa 11 Gläser à 250 Gramm

•

Saft von 3 unbehandelten Zitronen
1 kg harte Birnen • 2 kg Gelierzucker
500 g Himbeeren • 1 kg Erdbeeren

1 Den Zitronensaft in den Topf gießen. Die geschälten, entkernten und gewürfelten Birnen zugeben und im Zitronensaft wenden, damit das Fruchtfleisch nicht braun wird. Zitronenschalen und Birnenkerne in ein Säckchen geben und zu den Früchten legen.

2 60 Gramm Zucker über die Birnen streuen und die Masse bei schwacher Hitze so lange rühren, bis sich der Zucker völlig aufgelöst hat. Zum Kochen bringen, Temperatur herunterschalten und den Topf zudecken. 15 Minuten köcheln lassen, damit die Birnen weich werden.

3 Himbeeren und Erdbeeren einrühren und etwa weitere 5 Minuten köcheln lassen, bis die Beeren weich, jedoch noch nicht zerkocht sind. Den restlichen Zucker einstreuen und rühren, bis er sich völlig aufgelöst hat. Die Masse nun mindestens 4 Minuten lang sprudelnd kochen lassen, bis der Gelierpunkt erreicht ist. Abschäumen, in Gläser füllen und diese luftdicht verschließen.

TIPP

Die beste Zeit, um wilde Himbeeren und Brombeeren zu pflücken, ist eine Schönwetterperiode nach einem feuchten Sommer. War der Sommer zu trocken, sind die Früchte klein. Nach längerem Regen neigen sie dazu, schnell zu verschimmeln, und dann besitzen sie auch nur wenig Aroma.

TIPP

Wenn man ein paar Löffel Konfitüre mit Frischkäse (oder Speisequark, Schichtkäse oder Mascarpone) verrührt, hat man im Nu eine köstliche Creme für Törtchen und Desserts. Eine Mischung aus Fruchtkonfitüre und Sahne bzw. Frischkäse eignet sich auch ausgezeichnet zum Füllen von Windbeuteln und anderem Kleingebäck.

Johannisbeeren mit Minze

Gut zu pikanten Gerichten
Ertrag variiert je nach Saftmenge

•

1 kg schwarze Johannisbeeren
2 unbehandelte Limetten
100 g frische Minze
Zucker je nach Saftmenge (☞ Rezept)

1 Die schwarzen Johannisbeeren in einen großen Topf füllen (Abzupfen ist nicht notwendig). Die Limetten auspressen, Schalen fein zerkleinern und zusammen mit den Kernen und dem Saft zu den Johannisbeeren geben. Die zerkleinerte Minze unter die Fruchtmasse rühren.

2 1 Liter Wasser aufgießen und die Masse zum Kochen bringen. Temperatur zurückschalten, Topf zudecken. Die Fruchtmischung etwa eine Stunde lang köcheln lassen und dann mehrere Stunden lang im Saftbeutel oder -tuch abtropfen lassen.

3 Saftmenge abmessen, in den Topf gießen und für je $^1/_2$ Liter Flüssigkeit 450 Gramm Zucker einstreuen. Rühren, bis sich der Zucker völlig aufgelöst hat. Dann das Gelee so lange sprudelnd kochen lassen, bis der Gelierpunkt erreicht ist. Abschäumen, in Gläser füllen und luftdicht verschließen.

Brombeergelee

Herrlich zu süßem Stuten
Ertrag variiert je nach Saftmenge

•

1,5 kg Brombeeren • 1,5 kg Kochäpfel
2 unbehandelte Zitronen
10 Gewürznelken
Zucker je nach Saftmenge (☞ Rezept)

1 Die Brombeeren mit den grob zerkleinerten Äpfeln sowie mit Schalen und Kerngehäusen der Äpfel (erhöht den Pektingehalt) in den Einmachtopf geben. Zitronen auspressen, Schalen fein zerkleinern und mit dem Saft und den Gewürznelken zu den übrigen Zutaten geben.

2 Mit 2,5 Liter Wasser aufgießen und unter gelegentlichem Umrühren zum Kochen bringen. Temperatur reduzieren, Topf zudecken und die Früchte etwa eine Stunde leicht köcheln lassen.

3 Den Fruchtbrei mehrere Stunden im Saftbeutel abtropfen lassen. Den so gewonnenen Saft abmessen und in einen Topf füllen. Pro Liter Flüssigkeit 750 Gramm Zucker einstreuen. Dann noch einige Minuten kochen lassen, bis der Gelierpunkt erreicht ist. Dann abschäumen, in Gläser füllen und luftdicht verschließen.

TIPP

Wenn Sie überraschenden Besuch bekommen, ist das kein Problem, solange Sie kleine, fertige Biskuitböden im Haus haben. Bestreichen Sie die Böden mit Konfitüre und spritzen Sie Sahnetupfer auf, so haben Sie schnell köstliche Kuchen zum Kaffee oder Tee gezaubert.

Johannisbeer-Trauben-Gelee

Gut zu pikanten Speisen
Ertrag variiert je nach Saftmenge

•

1 kg rote Johannisbeeren
1 kg rote Weintrauben
8 große frische Lorbeerblätter
2 unbehandelte Zitronen • 1,5 l Rotwein
Zucker je nach Saftmenge (☞ Rezept)

1 Rote Johannisbeeren, Weintrauben und die zerkleinerten Lorbeerblätter in den Topf geben. Zitronen auspressen. Zitronenschalen zerkleinern und zusammen mit den Kernen und dem Saft zu den Früchten geben. Einmal kräftig durchrühren.

2 Wein und 300 Milliliter Wasser dazugießen. Alles zusammen aufkochen lassen, die Temperatur herunterschalten und den Topf zudecken. Die Masse etwas eine Stunde lang köcheln lassen. Dann den Fruchtbrei im Saftbeutel abtropfen lassen.

3 Pro $^1/_2$ Liter Saft 450 Gramm Zucker einstreuen. Rühren, bis sich der Zucker vollständig aufgelöst hat. Temperatur erhöhen und das Kochgut so lange sprudelnd kochen lassen, bis der Gelierpunkt erreicht ist. Das Gelee abschäumen, in Gläser füllen und sofort luftdicht verschließen.

TIPP

Gelee aus roten Johannisbeeren lässt sich gut als Guss für Fruchttörtchen und Obstkuchen verwenden. Dazu wird das Gelee einfach erwärmt und mit einem Pinsel auf die Früchte aufgetragen.

Erdbeer-Apfel-Aufstrich

TIPP

Ein Sandwich mit diesem glatten, fruchtigen Aufstrich schmeckt einfach unwiderstehlich gut und ist zudem noch schnell gemacht: Zwei dünne Brotscheiben werden mit Butter, einer nicht zu dicken Schicht des Aufstrichs und Quark bestrichen und zusammengeklappt. Der Frühstücks- oder Nachmittagssnack mundet besonders fein, wenn man ihn in schmale Streifen schneidet und hübsch anrichtet.

Gut zu hellem Brot
Für etwa 11 Gläser à 250 Gramm

•

1 kg Kochäpfel • 1,4 kg Erdbeeren
Saft von 2 Zitronen
1,4 kg Zucker

1 Die ganzen Äpfel – mit Schalen und Kerngehäusen – grob zerkleinert in den Topf geben. Mit 900 Milliliter Wasser aufgießen und aufkochen lassen. Dann die Temperatur herunterschalten und etwa 30 Minuten kochen lassen, bis die Früchte zerfallen sind.

2 Inzwischen die Erdbeeren – am besten in der Küchenmaschine – fein hacken. Den gekochten Apfelbrei durch ein Sieb in den Topf streichen. Die Erdbeeren und den Zitronensaft zur Apfelmasse geben und alles zum Kochen bringen. Temperatur herunterschalten und das Ganze etwa 15 Minuten lang kochen, bis Erdbeeren und Äpfel zu einem glatten Brei vermischt sind.

3 Zucker einstreuen und rühren, bis er sich völlig aufgelöst hat. Fruchtbrei kochen, dabei die Temperatur so regulieren, dass er nicht zu stark brodelt. Nach etwa 40 Minuten hat der Fruchtbrei den Gelierpunkt erreicht. Um sicherzugehen, führen Sie die Gelierprobe durch, indem Sie eine kleine Menge des Aufstrichs auf eine kühle Untertasse tropfen lassen und prüfen, ob sich beim Erkalten ein Häutchen bildet.

4 In Gläser füllen, sofort Rumpapier auflegen, völlig abkühlen lassen und mit einem Deckel luftdicht verschließen.

Blaubeeraufstrich

Schmeckt auf frischen Brötchen
Für etwa 11 Gläser à 250 Gramm

•

2 unbehandelte Zitronen
1 kg Kochäpfel
2 Lorbeerblätter (falls gewünscht)
600 g Blaubeeren • 1 kg Gelierzucker
15 g Butter

1 Den Saft der Zitronen zusammen mit ihren kleingeschnittenen Schalen in einen Topf geben. Die Äpfel ebenfalls fein zerkleinern, zu den Zitronen geben und dann mit 800 Milliliter Wasser aufgießen.

2 Lorbeerblätter zugeben und die Masse aufkochen lassen. Temperatur herunterschalten, den Topf zudecken und den Inhalt etwa eine Stunde lang leise köcheln lassen. Gelegentlich umrühren, damit die Masse nicht ansetzt.

3 Die gekochten Früchte jetzt durch ein Sieb in einen großen Topf streichen. Die Blaubeeren zugeben und die Mischung unter ständigem Rühren aufkochen. Temperatur gleich wieder herunterschalten, Zucker einstreuen und so lange rühren, bis er sich völlig aufgelöst hat.

4 Die Masse nochmals aufkochen und kräftig brodeln lassen, bis der Gelierpunkt erreicht ist. Butter einrühren. Den Aufstrich sofort in Gläser füllen und luftdicht verschließen.

TIPP

Blaubeeren mit ihrem unnachahmlichen Aroma besitzen leider nur einen geringen Pektingehalt und gelieren daher beim Einkochen sehr schlecht. Wenn man sie jedoch zusammen mit Kochäpfeln (z. B. Boskoop) und Zitronen verarbeitet, entsteht ein delikater, fester Aufstrich, der bei Gourmets heiß begehrt ist.

Aromatische Rezepte mit Steinobst

Von bitteren Schlehen oder herben Damaszenerpflaumen bis zu delikaten Aprikosen oder süßen Kirschen reicht beim Steinobst die Bandbreite. Alle Früchte eignen sich bestens zur Herstellung von Konfitüren und Gelees. Gemeinsam ist ihnen das unvergleichliche Aroma, das sich beim Einkochen perfekt entfaltet.

Das Entsteinen erledigt man vor dem Einkochen, oder man schöpft die Steine ab, die sich während des Kochens vom Fruchtfleisch lösen. Die inneren Kerne von Aprikosen und Pfirsichen haben einen mandelartigen Geschmack. Man darf allerdings nur wenige davon verwenden, denn sie enthalten Blausäure, die in größeren Mengen giftig ist.

TIPP

Marmeladen, Konfitüren und Gelees sind verführerische Begleiter zu warmen Waffeln. Besonders eignet sich dazu auch die Pfirsichkonfitüre mit ihrem delikaten Geschmack. Sie schmeckt auch köstlich in Verbindung mit Sahne oder griechischem Joghurt.

Pfirsichkonfitüre

Fein zu Waffeln
Für etwa 11 Gläser à 250 Gramm

•

2 unbehandelte Zitronen
1 kg Kochäpfel • 14 Pfirsiche
1,4 kg Zucker

1 Zitronen auspressen und den Saft in den Einmachtopf gießen. Die Äpfel schälen, entkernen und in Scheiben schneiden. Die Apfelscheiben in Zitronensaft wenden, die Apfelreste wandern zusammen mit den zerkleinerten Zitronenschalen in eine Kasserolle.

2 Die Pfirsiche schälen, entkernen, in Scheiben schneiden und zu den Apfelscheiben geben. Die Pfirsichreste kommen zu den Apfelresten und den Zitronenschalen in die Kasserolle. Den Topf mit den Früchten mit Klarsichtfolie bedecken, damit nicht zu viel Sauerstoff an die Früchte kommt, und beiseitestellen.

3 In die Kasserolle 1,2 Liter Wasser gießen und zugedeckt eine Stunde lang auf kleiner Flamme kochen lassen. Dann über die Früchte in den Topf seihen und dabei möglichst den gesamten Fruchtbrei ausdrücken. Die Masse zum Kochen bringen. Temperatur herunterschalten und 15 Minuten lang köcheln lassen. Den Topf vom Herd nehmen.

4 Den Zucker einstreuen und unter Rühren aufkochen lassen. Die Masse sprudelnd kochen lassen, bis sie geliert. Konfitüre abschäumen und in Gläser füllen; sofort luftdicht verschließen.

Würzige Kirschkonfitüre

Sehr aromatisch
Für etwa 9 Gläser à 250 Gramm

•

1 kg Kirschen • 1 kg Kochäpfel
1 unbehandelte Zitrone • 750 ml Rotwein
1 Zimtstange • 8 Gewürznelken
60 g gehobelte Mandeln • 1/2 l Apfelsaft
1,25 kg Zucker

1 Kirschen entsteinen und in den Topf geben, Kerne beiseitelegen. Äpfel schälen, entkernen, in Scheiben schneiden und ebenfalls in den Topf geben, während die Kirschsteine mit den Apfelresten in eine Kasserolle wandern.

2 Zitrone auspressen und den Saft über die Früchte im Topf gießen. Schale kleinschneiden und zusammen mit dem Wein, der Zimtstange und den Gewürznelken in die Kasserolle geben. Anschließend die Masse aufkochen lassen und die Temperatur wieder herunterschalten.

3 Kasserolle zudecken und alles eine Stunde lang kochen. Die gehobelten Mandeln unter Kirschen und Äpfel mischen und den Apfelsaft darübergießen. Fruchtreste durchseihen und den Saft zu den Früchten geben. Dabei möglichst viel Fruchtbrei aus den Resten durch das Sieb pressen.

4 Die Früchte zum Kochen bringen, Temperatur herunterschalten und den Topf zudecken. Etwa 20 Minuten lang köcheln lassen, bis die Früchte weich sind. Zucker einstreuen und unter Rühren auflösen. Die Fruchtmasse noch einmal sprudelnd kochen lassen.

5 Konfitüre abschäumen und in Gläser füllen, die sofort luftdicht verschlossen werden.

TIPP

Die würzige Kirschkonfitüre eignet sich ausgezeichnet als Füllung für feine Pfannkuchen. Für eine heiße Versuchung an kalten Tage erhitzen Sie ein kleines Glas Weinbrand mit einem Löffel von der Konfitüre, geben die Flüssigkeit über die Pfannkuchen, zünden sie an und servieren die flambierten Pfannkuchen sofort. Dazu gehört unbedingt Schlagsahne.

Pfirsich-Holunder-Konfitüre

Sehr feines Aroma
Für etwa 4 Gläser à 250 Gramm
•
8 große frische Holunderblütendolden
2 unbehandelte Zitronen
1 kg Zucker • 14 feste Pfirsiche

1 Die Holunderblütendolden gründlich waschen. Dann mit Küchenkrepp abtrocknen, den großen Stiel abschneiden und die Blüten in eine Schüssel geben. 100 Gramm vom Zucker darüberstreuen und alles mit einem Passierstab zermusen. Die Mischung abdecken und mehrere Stunden lang oder über Nacht ziehen lassen.

2 Zitronen auspressen und den Saft in einer Schüssel beiseitestellen. Die Schalen kleinschneiden und mit den Kernen in eine Kasserolle geben. Die Pfirsiche schälen, entsteinen und in Scheiben schneiden. 4 Pfirsichsteine, Schalen und 600 Milliliter Wasser in die Kasserolle zu den Zitronenschalen geben. Alles zum Kochen bringen, Temperatur herunterschalten und die Kasserolle zudecken. 45 Minuten lang köcheln lassen.

3 Die Holunderblüten in die Kasserolle geben und darauf achten, dass kein Blütensaft in der Schüssel zurückbleibt. Zudecken und nochmals 15 Minuten lang köcheln lassen. Nachdem die Mischung etwa 30 Minuten lang abgekühlt hat, durch ein feines Sieb in den Einmachtopf streichen. Dabei darauf achten, dass kein Saft bzw. Fruchtbrei verlorengeht.

4 Pfirsiche und Zitronensaft in den Topf geben. Die Masse zum Kochen bringen und die Temperatur wieder herunterschalten. Etwa 5 Minuten köcheln lassen, bis die Früchte weich sind. Den restlichen Zucker einstreuen und unter Rühren auflösen. Dann die Masse sprudelnd kochen lassen, bis die Konfitüre leicht geliert. Abschäumen und in Gläser füllen.

TIPP

Natürlich bekommen Sie im Herbst keine frischen Holunderblüten, aber dann können Sie sich mit getrockneten Holunderblüten aus dem Kräuterladen behelfen. Als Alternative ist Holunderlikör oder -sirup möglich. Er sollte allerdings ein starkes Aroma besitzen. 100 Milliliter Likör oder Sirup ersetzen acht Holunderblütendolden.

Kirschen-Pistazien-Konfitüre

Zum Frühstück mit warmen Croissants
Für etwa 7 Gläser à 250 Gramm

•

1,4 kg Kirschen
4 unbehandelte Zitronen
600 ml ungesüßter Apfelsaft
100 g geschälte Pistazien
1 kg Gelierzucker
100 ml Weinbrand

1 Die Kirschen entsteinen und in einen Topf, die Steine in eine kleine Kasserolle geben. Zitronen auspressen und den Saft über die Kirschen gießen, Zitronen kleinschneiden und zu den Steine geben. Schalen und Steine mit Wasser bedecken und zum Kochen bringen. Hitze leicht reduzieren und das Ganze etwa 45 Minuten kochen lassen, bis die Zitronenschalen weich sind.

2 Inzwischen Apfelsaft und Pistazien zu den Kirschen geben und die Masse aufkochen. Hitze reduzieren und zugedeckt etwa 30 Minuten lang köcheln lassen.

3 Die Flüssigkeit und das Fruchtmus aus der Kasserolle durch ein feines Sieb zu den Kirschen geben, dabei das Fruchtmus kräftig auspressen. Die Masse gründlich umrühren und noch weitere 5 Minuten lang sprudelnd kochen lassen.

4 Den Zucker einstreuen und unter Rühren auflösen. Die Masse 5 Minuten kochen lassen. Den Weinbrand zugeben und die Früchte etwa 4 Minuten sprudelnd kochen lassen, bis sie gelieren. Konfitüre abschäumen, in die Gläser füllen und luftdicht verschließen.

TIPP

Ein fröhliches Picknick oder ein lustiges Zusammensein an einem herrlichen Sommernachmittag, an dem man seine besten Freundinnen zum Eistee oder Eiskaffee einlädt, zählen zu den besten Gelegenheiten, um seine Konfitürenspezialitäten anzubieten. Denn einem frisch gebackenen Hefezopf mit fruchtiger Konfitüre und Sahne kann einfach niemand widerstehen.

TIPP

Diese mit Bittermandelöl und Weinbrand verfeinerte Zubereitung ist einfach unwiderstehlich. Die Mandelblättchen sorgen für eine raffinierte Geschmacksnuance und für Konsistenz. Wie alle anderen Einkochspezialitäten, die Nüsse enthalten, ist auch diese allerdings nicht sehr lange haltbar. Es empfiehlt sich, nur kleine Mengen herzustellen.

Aprikosenkonfitüre

Bald verbrauchen
Für etwa 4 Gläser à 250 Gramm

•

1 kg Aprikosen
Saft von 2 großen Zitronen
Einige Tropfen Bittermandelöl
1 kg Zucker • 150 Milliliter Weinbrand
30 Gramm Mandelblättchen

1 Aprikosen halbieren und entsteinen. Früchte in eine Schüssel geben, den Zitronensaft darübergießen. Mit Bittermandelöl beträufeln und mit Weinbrand besprenkeln. 100 Gramm Zucker darüberstreuen. Zudecken und mehrere Stunden lang ziehen lassen.

2 Früchte mit dem gesamten Saft in einen Einmachtopf füllen. Die Masse etwa 5 bis 10 Minuten lang bei geringer Hitze kochen lassen, bis die Früchte weich sind. Dann vom Herd nehmen.

3 Den restlichen Zucker und die Mandelblättchen einstreuen. Bei geringer Hitze nun so lange rühren und weiter köcheln lassen, bis sich der Zucker völlig aufgelöst hat.

4 Die Fruchtmasse noch einmal etwa 5 Minuten lang sprudelnd kochen lassen, bis sie geliert. Die Konfitüre darf nicht zu fest sein, vielmehr sollen die musigen Aprikosenhälften in dickem Sirup liegen. Anschließend abschäumen, in Gläser füllen und sofort luftdicht verschließen.

Würziges Pflaumengelee

Auch zu pikanten Speisen
Ertrag variiert je nach Saftmenge

•

1 kg Pflaumen • 400 g Kochäpfel
1 große Zimtstange • 1/4 Muskatnuss
1/2 l trockener Cidre
Zucker je nach Saftmenge (☞ Rezept)

1 Entsteinte Pflaumen, Zimtstange und Muskatnuss in den Topf geben. Äpfel zerkleinern und samt Schale und Kerngehäuse dazugeben. Den Cidre aufgießen und alles aufkochen. Temperatur herunterschalten und den Inhalt zugedeckt 45 Minuten lang kochen.

2 Den Fruchtbrei mehrere Stunden lang oder auch über Nacht im Saftbeutel abtropfen lassen. Pro 1/2 Liter Flüssigkeit 400 Gramm Zucker abmessen. Saft und Zucker zusammen in den gereinigten Einmachtopf geben.

3 Die Masse unter Rühren erwärmen, bis sich der Zucker völlig aufgelöst hat. Das kann durchaus eine Weile dauern. Die Früchte kräftig kochen lassen, bis sie gelieren. Schließlich abschäumen und unmittelbar darauf langsam in Gläser füllen. Luftblasen so gut wie möglich entfernen. Sofort luftdicht verschließen.

TIPP

Dieses vielseitig verwendbare Gelee schmeckt zu pikanten Speisen ebenso gut wie zu süßen. Es eignet sich hervorragend vor allem zur Verfeinerung von Wild- oder Rindfleischgerichten. Außerdem passt es zu Käse wie etwa weichem Brie oder einem kräftigen Munsterkäse.

Pflaumen mit Rum

Winterlich-würzig
Für etwa 7 Gläser à 250 Gramm

•

1 kg Pflaumen • 1 kg Kochäpfel
1 große unbehandelte Orange
1 unbehandelte Zitrone • 1 kg Zucker
Je eine großzügige Prise Zimt, Nelke und Kardamom • 100 ml Rum

1 Entkernte Pflaumen, Orange, Äpfel und Zitrone mit Schalen und Kernen kleinschneiden und in den Topf geben, mit Wasser bedecken und aufkochen. Temperatur herunterschalten und etwa 1 1/4 Stunden lang köcheln lassen.

2 Den Fruchtbrei durch ein feines Sieb streichen und in den gereinigten Einmachtopf zurückgeben. Zucker und Gewürze einstreuen und so lange rühren, bis sich der Zucker völlig aufgelöst hat. Kurz aufkochen, dann die Temperatur reduzieren und die Mischung etwa 40 Minuten lang köcheln lassen. Häufig umrühren, damit die Masse nicht ansetzt.

3 Rum einrühren und die Mischung erneut aufkochen. Den Aufstrich in Gläser füllen, sofort Rumpapier auflegen, nach dem Abkühlen luftdicht verschließen.

TIPP

Dieser würzige Aufstrich eignet sich – hübsch verpackt – ganz besonders gut als Weihnachtsgeschenk. Die winterlichen Gewürze sind in der Adventszeit besonders beliebt, weil sie sowohl den Magen als auch die Seele wärmen. Das Pflaumenmus mit Rum ist aber auch ein köstlicher Aufstrich zu frisch gebackenem Weißbrot an kalten Tagen.

Aprikosenaufstrich

Sehr aromatisch
Für etwa 7 Gläser à 250 Gramm

•

1,5 kg Aprikosen • 500 g Kochäpfel
1 unbehandelte Zitrone • 1,8 kg Zucker
4 EL Orangenblütenwasser

1 Entsteinte Aprikosen mit den zerkleinerten Äpfeln und den Zitronen in den Topf geben. Die Früchte mit Wasser bedecken. Den Topfinhalt aufkochen und die Temperatur wieder herunterschalten. Die Fruchtmischung etwa 1 1/4 Stunden lang köcheln lassen.

2 Den Fruchtbrei durch ein feines Sieb pressen und in den gereinigten Topf zurückgeben. Zucker einstreuen und unter Rühren auflösen. Die Masse zum Kochen bringen. Dann die Fruchtzubereitung etwa 40 Minuten lang köcheln lassen. Dabei häufig umrühren, damit sie nicht ansetzt. Nun das Orangenblütenwasser einrühren.

3 Aufstrich in Gläser füllen, sofort Rumpapier auflegen und nach dem völligen Abkühlen mit einem Deckel luftdicht verschließen.

TIPP

Statt des Orangenblütenwassers kann man für den Aprikosenaufstrich auch Marillenbrand oder Kirschwasser verwenden. Der Alkohol hebt den Geschmack der Früchte, ohne ihn zu verändern. Marmelade und Aufstriche, die für Kinder vorgesehen sind, sollten allerdings keinen Alkohol enthalten. Hier bleiben Sie lieber bei unbedenklicheren Aromaträgern.

TIPP

Die säuerlichen roten Beeren geben der Konfitüre das herrlich frische Aroma und eine ansprechende Farbe. Die Aprikosen geben Fülle und Wärme im Geschmack. Beides zusammen ist eine absolut unschlagbare Kombination, die schon bald von Ihrem Frühstückstisch nicht mehr wegzudenken sein wird.

Rote Aprikosenkonfitüre

Sehr frischer Geschmack
Für 9 Gläser à 250 Gramm

•

500 g Rote Johannisbeeren
1 kg Aprikosen • 1,4 kg Zucker

1 Johannisbeeren von den Rispen zupfen und zusammen mit den halbierten und entsteinten Aprikosen in den Topf füllen. Aprikosensteine in einem Säckchen zusammenbinden und zu den Früchten geben.

2 Nun 300 Milliliter Wasser aufgießen und alles zum Kochen bringen. Die Früche zugedeckt etwa 30 Minuten köcheln lassen, bis sie weich sind. Den Topf vom Herd nehmen. Das Säckchen kräftig ausdrücken und entfernen.

3 Zucker einstreuen und unter Rühren auflösen. Die Masse im Anschluss sprudelnd kochen lassen, bis sie geliert. Die Aprikosen enthalten wenig Pektin, die Johannisbeeren dafür umso mehr. Die Konfitüre abschäumen und in Gläser füllen; sofort luftdicht verschließen und an einem kühlen, dunklen Ort aufbewahren.

Pflaumen mit Walnüssen

Nicht lange haltbar
Für 4 Gläser à 250 Gramm

•

1 kg Pflaumen • 1 unbehandelte Zitrone
1 unbehandelte Orange • 1 kg Zucker
60 g fein gehackte Walnüsse

1 Pflaumen halbieren und entsteinen. Fruchtfleisch in den Topf geben. Zitrone und Orange auspressen und den Saft über die Pflaumen gießen; die Schalen der Zitrusfrüchte zerkleinern und zu den Kernen in eine kleine Kasserolle geben.

2 Kerne und Zitrusschalen mit Wasser bedecken und zum Kochen bringen. Temperatur herunterschalten. Kasserolle zudecken und 45 Minuten lang köcheln lassen. Topfinhalt durch ein feines Sieb über die Pflaumen streichen.

3 Die Pflaumen zum Kochen bringen, Temperatur herunterschalten und die Früchte etwa 5 Minuten lang köcheln lassen. Den Topf vom Herd nehmen, Zucker einstreuen und unter Rühren auslösen. Dann die gehackten Walnüsse zugeben. Die Fruchtmasse bis zum Gelierpunkt sprudelnd kochen lassen. Die Konfitüre abschäumen, in Gläser füllen und luftdicht verschließen.

TIPP

Die Konfitüre mit Walnüssen hält sich leider nicht sehr lange, deshalb sollten Sie lieber nur kleine Mengen herstellen. Wie bei allen Nüssen ist hier die Gefahr groß, dass die ölhaltigen Früchte ranzig werden und den Geschmack der Marmelade verderben. Also: zum alsbaldigen Verbrauch empfohlen!

Feine Rezepte mit Äpfeln und Birnen

Säuerliche Kochäpfel sind mit ihrem hohen Pektin- und Fruchtsäuregehalt die ideale Ergänzung bei einer ganzen Palette von Konfitüren und Gelees. Geschmacklich nicht stark ausgeprägt, ordnen sie sich anderen Früchten unter und sorgen für gute Gelierfähigkeit. Man kann daher mit Äpfeln auch verschiedene Fruchtsorten strecken, ohne dass deren spezifisches Aroma verloren geht.

Bei Birnen besticht das zurückhaltende, aber sehr delikate Aroma. Man kombiniert sie gern mit anderen feinen Früchten und raffinierten Gewürzen. Aus den nahe verwandten Quitten entstehen klassische Spezialitäten und vor allem köstliche Gelees.

Birnen mit Kardamom

Exotisches Flair
Für etwa 11 Gläser à 250 Gramm

•

3 unbehandelte Zitronen • 12 grüne Kardamomkapseln • 1,5 kg feste Birnen
600 ml ungesüßter Apfelsaft
1 kg Gelierzucker

1 Zitronen auspressen und den Saft in eine große Schüssel gießen, in der auch die Birnen noch Platz haben. Zitronenschalen kleinschneiden und in eine kleine Kasserolle schütten. Kardamomkapseln öffnen und die kleinen schwarzen Samen zu den Zitronenschalen geben.

2 Birnen schälen, entkernen, in Scheiben schneiden und zum Zitronensaft geben. Mit Folie abdecken, beiseitestellen. Die Birnenreste zu den Zitronenschalen geben, mit 300 Milliliter Wasser aufgießen und aufkochen. Temperatur reduzieren, zugedeckt etwa 45 Minuten lang kochen.

3 Die Birnen in den Topf füllen. Die Reste aus der Kasserolle durchseihen und dazugeben. Den Apfelsaft zugießen und die Masse aufkochen. Die Temperatur herunterschalten und alles ohne Deckel 20 Minuten lang bei milder Hitze kochen. Den Topf vom Herd nehmen.

4 Zucker einstreuen und unter Rühren auflösen. Die Fruchtmasse noch einmal kochen, bis sie geliert. Konfitüre abschäumen und sofort gut verschließen.

TIPP

Wenn Sie die Konfitüre fester möchten, nehmen Sie mehr Gelierzucker oder flüssiges Pektin dazu. Eventuell müssen Sie dann mit etwas mehr Zitronensaft den Geschmack ausgleichen.

Birnen mit Preiselbeeren

Fruchtig und fest
Für etwa 13 Gläser à 250 Gramm

•

1 unbehandelte Zitrone
1,4 kg harte Birnen
700 g Preiselbeeren (frisch oder tiefgefroren) • 1 kg Zucker

1 Zitrone auspressen und den Saft in eine Schüssel gießen, in der auch die Birnen noch Platz haben. Schale klein schneiden und in eine Kasserolle geben. Birnen schälen und entkernen, in Stücke schneiden und zum Zitronensaft geben. Die Schüssel mit den Birnen mit Folie abdecken und beiseitestellen.

2 Preiselbeeren und Birnenreste in die Kasserolle zu den Zitronenschalen geben und 600 Milliliter Wasser aufgießen. Die Masse anschließend zum Kochen bringen und die Temperatur etwas herunterschalten. Die Kasserolle zudecken. Unter gelegentlichem Umrühren so lange kochen lassen, bis die Preiselbeeren musig sind – das dauert etwa 20 Minuten. Dann den Inhalt der Kasserolle durch ein feines Sieb streichen, dabei so viel Fruchtbrei wie möglich herauspressen.

3 Die Birnen mit dem Preiselbeerbrei in den Topf geben. Zucker einstreuen und die Masse unter Rühren leicht erhitzen, damit sich der Zucker vollständig auflöst; dann kochen lassen, bis der Gelierpunkt erreicht ist. Konfitüre abschäumen, in Gläser füllen und sofort luftdicht verschließen.

TIPP

Buchstäblich im Handumdrehen entsteht ein köstliches Dessert, wenn man eine Konfitürenspezialität mit Joghurt, cremigem Quark oder Mascarpone verrührt. Dunkle Zubereitungen sorgen dabei für reizvolle Farbkontraste. Am besten rührt man die Früchte ganz vorsichtig ein, damit sich die Farben nicht vollständig vermischen, wie Sie es auf dem Bild links sehen. Wenn Sie die zweifarbige Creme nun noch mit Minz- oder Basilikumblättchen oder mit ein paar frischen Früchten dekorieren, ist das Dessert vollends unwiderstehlich.

TIPP

Holunderbeeren können Sie an vielen Stellen selbst sammeln, die Büsche wachsen an Wegrändern, auf Feldern und in vielen Hecken. Sie sollten nur darauf achten, vollreife Früchte zu sammeln (die grünen Beeren sind – in größeren Mengen genossen – giftig) und nicht gerade dort zu sammeln, wo die Beeren Autoabgasen ausgesetzt sind. Am besten nehmen Sie einen großen Eimer zum Sammeln mit, die Dolden sind ein wenig »sperrig«.

Apfel mit Holunder

Weinartiges Aroma
Für etwa 8 Gläser à 250 Gramm

•

400 g Holunderbeeren (etwa 15 Dolden) • 1 kg Kochäpfel
1 große, unbehandelte Orange
2 unbehandelte Zitronen
1 Zimtstange • 1 kg Zucker

1 Die Holunderbeeren mitsamt den Stielen in den großen Einmachtopf geben. Die Äpfel kleinschneiden und dazufügen. Orangen und Zitronen auspressen, den Saft auffangen.

2 Die Fruchtschalen kleinschneiden und dann zusammen mit der Zimtstange und dem Saft ebenfalls in den Einmachtopf geben.

3 Topfinhalt mit 1,4 Liter Wasser aufgießen und zum Kochen bringen. Temperatur herunterschalten, Topf zudecken und die Masse etwa 1 Stunde lang köcheln lassen, bis die Äpfel zu Brei zerfallen sind. Die Fruchtmasse durchpassieren.

4 Passierten Fruchtbrei in den gereinigten Topf zurückgeben, Zucker einstreuen, bei schwacher Hitze rühren, bis er sich auflöst. Dann sprudelnd kochen lassen, bis die Masse geliert. Abschäumen, in Gläser füllen und luftdicht verschließen.

Quitte mit Birne

Delikate Konfitüre
Für etwa 8 Gläser à 250 Gramm

•

1 kg Quitten • 2 unbehandelte Zitronen
1 kg feste Birnen • 1,5 kg Zucker

1 Zitronen auspressen und den Saft in eine große Schüssel gießen. Zitronenschalen kleinschneiden und in eine Kasserolle mittlerer Größe geben. Quitten schälen, entkernen, kleinschneiden, und in den Zitronesaft legen. Die Reste werden zu den Zitronenschalen in die Kasserolle gegeben.

2 Birnen schälen, entkernen und in Stücke schneiden, zu den Quitten geben. Schalen und Kerne in die Kasserolle schütten. Quitten und Birnen im Zitronensaft wenden. Die Schüssel mit Folie abdecken, damit die Früchte sich nicht verfärben.

3 Die Fruchtreste in der Kasserolle mit Wasser bedecken, den Inhalt zum Kochen bringen. Temperatur etwas reduzieren, Topf zudecken und die Masse etwa 1 Stunde lang kochen lassen, bis sie weich ist. Die Reste durchpassieren und dabei so viel Fruchtbrei wie möglich auspressen

4 Fruchtbrei mit Quitten, Birnen und Zitronensaft in den Topf geben und zum Kochen bringen. Temperatur herunterschalten und alles zugedeckt etwa 30 Minuten köcheln lassen, bis die Früchte weich sind.

5 Zucker in die Fruchtmischung einstreuen und so lange rühren, bis er sich aufgelöst hat. Sprudelnd kochen lassen, Konfitüre abschäumen, in Gläser abfüllen und sofort luftdicht verschließen.

TIPP

Quitten sind große, wulstige Früchte mit gelblicher Haut. Roh sind sie bitter und ungenießbar, erst gekocht und gesüßt entfaltet sich ihr delikates Aroma. Bei diesem Rezept werden sie mit ihren engen Verwandten, pektinarmen Speisebirnen, zu einer delikaten Konfitüre kombiniert. Auch mit Äpfeln kann man Quitten gut kombinieren. Quittengelee ist außerdem eine gute Beigabe, um Bratensaucen den letzten Pfiff zu verleihen.

Holzapfelgelee

Fantastischer Geschmack
Ertrag variiert je nach Saftmenge

•

1,8 kg Holzäpfel
2 unbehandelte Zitronen
1 unbehandelte Orange
8 Gewürznelken
Zucker je nach Saftmenge (☞ Rezept)

1 Holzäpfel mit Schale und Kerngehäuse kleinschneiden und in den Topf geben. Zitronen und Orangen auspressen und den Saft über die Äpfel gießen. Zitrusschalen zerkleinern und mit den Nelken dazugeben.

2 Die Masse mit Wasser bedecken und zum Kochen bringen. Temperatur herunterschalten und den Topf zudecken. 1,5 Stunden lang köcheln lassen, bis die Holzäpfel zu Brei zerfallen sind.

3 Fruchtbrei mehrere Stunden lang im Saftbeutel abtropfen lassen. Die gewonnene Flüssigkeit abmessen und pro 1 Liter Saft 750 Gramm Zucker in den gereinigten Topf geben, erhitzen, Zucker unter Rühren auflösen.

4 Topfinhalt so lange sprudelnd kochen lassen, bis der Gelierpunkt erreicht ist. Gelee abschäumen und in Gläser füllen. Sofort luftdicht verschließen. Die Gläser mit dem Gelee kühl und dunkel lagern.

TIPP

Holzapfelgelee passt gut als Beilage zu Fleischgerichten, vor allem zu Reh und Hirsch. Anstelle der Holzäpfel können Sie auch Quitten für dieses Gelee verwenden. Beide Früchte besitzen einen herben Geschmack und einen hohen Pektingehalt. Wenn Sie für dieses Rezept Quitten verwenden, verzichten Sie auf die Orange und nehmen Sie nur Zitronen und Nelken als Gewürz.

Fruchtiges Rosmaringelee

Kräftiges Aroma
Ertrag variiert je nach Saftmenge

•

1 kg Rhabarber • 1 kg Kochäpfel
1 unbehandelte Orange
1 unbehandelte Zitrone
90 g frische Rosmarinzweige
100 ml Weißweinessig
Zucker je nach Saftmenge (☞ Rezept)

1 Rhabarber in Stücke schneiden und in den Einmachtopf geben. Äpfel samt Schalen und Kerngehäuse kleinschneiden und hinzufügen. Orange und Zitrone im Mixer grob pürieren und die Masse ebenfalls zum Rhabarber und den Äpfeln schütten.

2 70 Gramm des Rosmarins in den Topf geben, mit dem Essig und 500 Milliliter Wasser aufgießen. Aufkochen und zugedeckt etwa 1 Stunde lang schwach kochen lassen.

3 Den Fruchtbrei mehrere Stunden lang im Saftbeutel abtropfen lassen. Die gewonnene Flüssigkeit abmessen und pro Liter 750 Gramm Zucker abwiegen. Die restlichen Rosmarinnadeln ohne die Zweige sehr fein hacken.

4 Saft und Zucker in den Topf geben, erhitzen und rühren, bis sich der Zucker aufgelöst hat. Aufkochen, damit die Masse geliert. Abschäumen und Rosmarinnadeln einrühren.

5 Das Fruchtgelee etwa 15 Minuten lang stehen lassen, bis es beginnt, fest zu werden. Umrühren, um sicherzustellen, dass sich der Rosmarin auch gut in der Masse verteilt. Nun mit Rumpapier bedecken und in vorbereitete Gläser abfüllen. Das Gelee wird, wenn es vollständig abgekühlt ist, luftdicht verschlossen.

TIPP

Säuerliche Gelees wie das hier beschriebene Gelee aus Rhabarber, Äpfeln und Rosmarin sind eine äußerst raffinierte Ergänzung zum Käse, besonders zu Weichkäse wie zum Beispiel Brie. Auch ein würziger Munsterkäse schmeckt damit noch mal so gut.

TIPP

Würzige Gelees eignen sich gut als Marinade für Fleisch, das länger geschmort wird. Einfach vor dem Schmoren oder nach der Hälfte der Garzeit auf das Fleisch pinseln – schmeckt vorzüglich!

Apfel mit Ingwer

Säuerlich-süße Zubereitung
Für etwa 6 Gläser à 250 Gramm

•

1,4 kg Kochäpfel
150 g frische Ingwerwurzeln
3 unbehandelte Zitronen
1 unbehandelte Orange
600 ml ungesüßter Apfelsaft
1 kg Zucker

1 Äpfel, den geschälten Ingwer sowie Orange und die Zitrone im Mixer fein hacken oder Zutaten mit dem Messer kleinschneiden. Dann das Ganze zusammen mit 600 Milliliter Wasser in den Einmachtopf geben.

2 Den Inhalt aufkochen und die Temperatur herunterschalten. Topf zudecken. Alles etwa 1 Stunde lang kochen. Durch ein Sieb pressen und den so gewonnenen Fruchtbrei wieder in den gereinigten Topf zurückgeben. Ungenießbare Reste wegwerfen.

3 Den Zucker einstreuen, die Masse erhitzen und so lange rühren, bis sich der Zucker völlig aufgelöst hat. Den Topfinhalt aufkochen. Die Hitze herunterschalten, aber nur so weit, dass die Mischung stetig sprudelt. Etwa 20 Minuten lang kochen lassen, dabei gelegentlich kräftig umrühren, damit die Fruchtmasse nicht ansetzt.

4 Den Aufstrich in vorbereitete Gläser füllen und sofort luftdicht verschließen.

Apfel mit Preiselbeeren

Leicht säuerlicher Geschmack
Für etwa 6 Gläser à 250 Gramm

•

1,4 g Kochäpfel • 700 g Preiselbeeren (auch tiefgekühlt)
2 unbehandelte Orangen
1,2 l ungesüßter Apfelsaft
1 kg Zucker

1 Äpfel mit Schalen und Kerngehäuse in grobe Stücke schneiden und zusammen mit den Preiselbeeren in einen Einmachtopf geben. Orangen kleinschneiden, zu den anderen Früchten geben und den Apfelsaft darübergießen. Die Mischung aufkochen, Temperatur herunterschalten und den Topf zudecken. Etwa eine Stunde lang kochen.

2 Den Fruchtbrei durch ein Sieb streichen und in den gereinigten Topf zurückgeben. Die unbrauchbaren Reste wegwerfen. Zucker einstreuen, die Masse erhitzen und so lange rühren, bis sich der Zucker aufgelöst hat. Den Inhalt aufkochen, die Hitze so weit herunterschalten, dass die Mischung stetig sprudelt. Etwa 20 Minuten lang kochen lassen, bis die Masse geliert.

3 Den Aufstrich in Gläser füllen und sofort mit Rumpapier belegen. Erst nach dem völligen Abkühlen luftdicht verschließen. Auf diese Weise wird verhindert, dass sich Kondenswasser absetzt, das Schimmelbildung verursachen könnte.

TIPP

Mit Preiselbeeren lässt sich ein einfacher Apfelaufstrich auf ideale Weise verfeinern. Doch Vorsicht: Die Beeren können während des Kochens spritzen! Preiselbeeren haben einen intensiven Geschmack und eine säuerlich-herbe Note. Ihr leuchtendes Rot gibt dem Apfelaufstrich eine attraktive Farbe.

Köstliche Rezepte mit Zitrusfrüchten

Sie strotzen geradezu vor Aroma, diese säurereichen Südfrüchte. Manche von ihnen haben überdies einen hohen Pektinanteil. Deshalb kombiniert man sie gern mit anderem Obst, um einer köstlichen Zubereitung Pfiff und Festigkeit zu verleihen. Doch auch im Alleingang sind Zitrusfrüchte ein Erlebnis für den Gaumen: Sie verwöhnen ihn mit unwiderstehlichen Marmeladen und Gelees. Gewürze und Obst lassen sich gut mit Zitrusfrüchten kombinieren, konkurrenzlos ist jedoch die Verbindung mit Kräutern in Gelees. Von erfrischender Pfefferminze bis zu herb-würzigem Thymian – Kräuter machen aus süßen Gelees im Handumdrehen pikante Würzzutaten.

Orangenmarmelade

Klar und hell
Für 6 Gläser à 250 Gramm

•

5 unbehandelte Orangen
2 große unbehandelte Zitronen
1 kg Zucker • 15 g Butter

1 Orangen und Zitronen auspressen, äußere Schale in feine Streifen schneiden und mit dem Saft in den Topf geben. Mit 1,2 Liter Wasser auffüllen. Die innere, weiße Haut zerkleinern, in ein Säckchen geben und dazulegen. Alles aufkochen, Temperatur herunterschalten und zugedeckt 1 ½ Stunden kochen lassen.

2 Musselinsäckchen ausdrücken und entfernen. Bei schwacher Hitze Zucker hinzufügen und rühren, bis er sich ausgelöst hat. Alles nun so lange bei hoher Temperatur kochen lassen, bis der Gelierpunkt erreicht ist. Butter zugeben und das Einmachgut etwa 15 Minuten stehen lassen, bis es beginnt, fest zu werden.

3 Die Marmelade gründlich umrühren, damit sich die Schalen gleichmäßig verteilen. In Gläser füllen, Rumpapier auflegen und erst nach dem völligen Erkalten luftdicht verschließen.

TIPP

Am besten schmeckt diese Marmelade dünn auf dem Frühstückstoast; mit frischer Butter und Tee wird ein echt englisches Frühstück daraus.

Bittere Orangenmarmelade

Gelingt besonders leicht
Für etwa 11 Gläser à 250 Gramm

•

1 kg unbehandelte spanische Bitterorangen (Pomeranzen)
Saft von 4 großen Zitronen
1,5 kg Zucker • 15 g Butter

1 Orange kleinschneiden, die Kerne auf ein Stück Musselin legen, dieses zusammenbinden und mit den Früchten in den Einmachtopf geben. Dann Zitronensaft sowie 2 1/4 Liter Wasser aufgießen und alles zum Kochen bringen. Temperatur herunterschalten und die Masse bei zugedecktem Topf etwa 1 1/2 Stunden lang köcheln lassen, bis die Orangenschalen weich sind.

2 Das Musselinsäckchen fest ausdrücken und entfernen. Bei geringer Hitze Zucker einstreuen und unter Rühren auflösen. Den Topfinhalt noch einmal aufkochen lassen, bis der Gelierpunkt erreicht ist. Die Butter zugeben, um auf diese Weise die Schaumbildung zu verringern. Marmelade sofort in vorbereitete Gläser füllen und luftdicht verschließen.

TIPP

Dieses unkomplizierte Rezept, bei dem einfach alle Zutaten nacheinander in den Topf wandern, ist auch für unerfahrene Marmeladenköche ein Kinderspiel. Die Bitterorangen bekommen Sie im gut sortierten Feinkosthandel oder auf Bestellung auch bei Ihrem Obsthändler auf dem Markt. Machen Sie sich ruhig die Mühe, diese köstlichen Früchte ein wenig zu suchen – es lohnt sich.

Dreifruchtmarmelade

Mit Schalen und Fruchtstückchen
Für 8 Gläser à 250 Gramm

•

2 unbehandelte Grapefruits
3 unbehandelte Orangen
3 unbehandelte Zitronen
2,25 kg Zucker • 15 g Butter

TIPP

Aus jeder Zitrusmarmelade lässt sich eine feine Dessertsauce zubereiten, indem man sie mit etwas Wasser oder Fruchtsaft erwärmt und dann heiß oder kalt serviert.

1 Alle Früchte kleinschneiden. Die Kerne herausnehmen, in einem Säckchen zusammenbinden und mit den Früchten in den Topf geben. 1,8 Liter Wasser aufgießen und aufkochen. Temperatur herunterschalten und die Masse 1 ½ Stunden lang köcheln lassen.

2 Musselinsäckchen kräftig auspressen und entfernen. Zucker einstreuen und bei schwacher Hitze unter Rühren auflösen. Sprudelnd kochen lassen, bis die Masse geliert. Butter zugeben. Die Marmelade heiß in Gläser füllen und sofort luftdicht verschließen.

Zitronen-Limetten-Marmelade

Mit langen Fruchtstreifen
Für etwa 11 Gläser à 250 Gramm

•

6 unbehandelte Zitronen
6 unbehandelte Limetten
1,5 kg Zucker • 15 g Butter

1 Zitronen und Limetten auspressen und den Saft in einen Einmachtopf gießen. Kerne in ein Stückchen Musselin legen, dieses zu einem Säckchen zusammenbinden und dazugeben.

2 Die Schalen halbieren, der Länge nach in dünne Streifen schneiden und mit 1,5 Liter Wasser in den Topf geben. Alles kräftig aufkochen, die Temperatur herunterschalten und den Topfinhalt zugedeckt 1 $^{1}/_{2}$ Stunden lang kochen lassen, bis die Früchte weich sind.

3 Musselinsäckchen ausdrücken und entfernen. Den Zucker zugeben und bei schwacher Hitze unter Rühren auflösen. Den Topfinhalt noch einmal sprudelnd aufkochen lassen, bis der Gelierpunkt erreicht ist. Die Butter einrühren, um die Schaumbildung zu verringern, und die Marmelade in Gläser füllen. Sofort luftdicht verschließen.

TIPP

Dies ist eine köstliche Marmelade von allerdings eher grober Konsistenz, denn sie enthält lange Fruchtstreifen anstelle der üblichen kurzen, dickeren Stückchen. Die Zubereitungsart lässt sich im Übrigen auf alle Rezepte in diesem Kapitel übertragen. Lassen Sie Ihrer Fantasie ruhig freien Lauf!

Lavendelgelee

Herrlicher Duft
Ertrag variiert je nach Saftmenge

•

2 große unbehandelte Zitronen
2 unbehandelte Limetten
230 g Kochäpfel • 60 g Lavendelzweige
Zucker je nach Saftmenge (☞ Rezept)

1 Zitronen und Limetten auspressen, Fruchtschalen in feine Stücke schneiden und mit dem Saft in den Einmachtopf schütten. Äpfel ebenfalls kleinschneiden und samt Schalen und Kerngehäusen zu den Zitrusfrüchten geben.

2 Drei Viertel des Lavendels in den Topf geben. Mit 1 Liter Wasser auffüllen und aufkochen. Temperatur reduzieren und den Topfinhalt zugedeckt etwa eine Stunde köcheln lassen, bis die Früchte zu Brei zerkocht sind. Diesen mehrere Stunden lang, am besten über Nacht, im Saftbeutel abtropfen lassen.

3 Lavendelblätter von den restlichen Zweigen pflücken und so fein wie möglich hacken. Saftmenge abmessen und pro Liter 750 Gramm Zucker abwiegen. Saft in den gereinigten Einmachtopf gießen und Zucker darüberstreuen. Die Mischung erwärmen und den Zucker unter Rühren auflösen. Dann sprudelnd kochen lassen, bis der Gelierpunkt erreicht ist.

4 Gelee abschäumen und den Lavendel unterrühren. Das Kochgut etwa 15 Minuten lang ruhen lassen, bis es beginnt, fest zu werden. Erneut durchrühren, damit sich der Lavendel gut verteilt. Dann in Gläser füllen und mit Rumpapier abdecken. Das Gelee erst nach dem völligen Erkalten luftdicht verschließen.

TIPP

Dieses Gelee schmeckt einfach köstlich zu pikanten Snacks, ist aber auch eine überraschende, exotische Füllung für Krapfen. Dazu mischt man eine großzügige Portion Marmelade vorsichtig mit Schlagsahne und spritzt sie in das Gebäck hinein.

Mandarinenmarmelade

Gut auch mit Clementinen
Für 9 Gläser à 250 Gramm

•

700 g unbehandelte Mandarinen
2 unbehandelte Zitronen
500 g Kochäpfel • 1 kg Zucker
15 g Butter

1 Mandarinen schneiden und nach dem Entfernen der Kerne in den Topf geben. Zitronen auspressen und den Saft darübergießen. Schalen kleinschneiden. Äpfel schälen, entkernen, zerkleinern und in den Topf füllen. Die Reste von Äpfeln und Zitrusfrüchten in ein Säckchen legen und dazugeben.

2 Alles mit 800 Millilitern Wasser aufgießen und aufkochen. Temperatur herunterschalten und etwa 40 Minuten lang köcheln lassen. Musselinsäckchen fest ausdrücken und entfernen.

3 Den Zucker in die Marmelade geben und bei geringer Hitze auflösen. Die Masse noch einmal sprudelnd kochen lassen, bis der Gelierpunkt erreicht ist. Nun die Butter zugeben, um die unerwünschte Schaumbildung zu verringern. Die Marmelade in Gläser füllen und sofort verschließen.

TIPP

Wer Marmeladen und Gelees verschenken will, findet auf Flohmärkten sicher schöne alte Gläser. Sie sollten aber unbedingt hitzebeständig sein und müssen vor Gebrauch ganz besonders gründlich gereinigt werden.

TIPP

Statt der Kumquats kann man auch Mini-Limetten oder Limquats verwenden. Der Orangenlikör lässt sich durch Rum ersetzen.

Kumquat-Marmelade

Prickelndes Aroma
Für 4 Gläser à 250 Gramm

•

3 unbehandelte Zitronen
12 Gewürznelken • 4 Lorbeerblätter
1 l Cidre • 1 kg unbehandelte Kumquats
1 kg Zucker • 150 ml Orangenlikör
15 g Butter

1 Die Zitronen schneiden und mit den Gewürznelken und den Lorbeerblättern in den Topf geben. Mit dem Cidre (bevorzugen Sie eher eine herbe Sorte) aufgießen und aufkochen. Die Temperatur herunterschalten und zugedeckt 45 Minuten lang kochen, dann abseihen.

2 Kumquats halbieren und Kerne entfernen. Diese in einem Säckchen zusammenbinden und mit den Früchten in den Topf geben. Den Zitronen-Cidre-Brei dazugießen, aufkochen und die Temperatur reduzieren. Zugedeckt etwa 45 Minuten lang kochen.

3 Musselinsäckchen ausdrücken und Zucker einstreuen. So lange rühren, bis der Zucker sich aufgelöst hat; dann die Masse 10 Minuten lang sprudelnd kochen lassen. Den Likör unterrühren, die Mischung erneut kurz aufkochen lassen und den Topf von der Kochstelle nehmen. Sofort in Gläser füllen und verschließen.

Zitronen mit Honig

Üppiger Aufstrich
Für ca. 4 Gläser à 250 Gramm

•

6 unbehandelte Zitronen
1 kg Kochäpfel • 400 g Zucker
340 g dickflüssiger Honig
100 ml Whisky

1 Zitronen mit dem Mixer grob hacken. Den Apfel mit Schale und Kerngehäuse in grobe Stücke schneiden. Zusammen mit den Zitronen in den Topf geben und mit 1 Liter Wasser aufgießen. Aufkochen, Temperatur reduzieren und ohne Deckel eine Stunde lang kochen.

2 Die gekochten Früchte durch ein Sieb streichen, in den gereinigten Topf schütten und den Zucker einstreuen. Wenn er sich völlig aufgelöst hat, die Masse aufkochen. Die Temperatur so weit reduzieren, dass die Mischung ständig sprudelt. Vorsicht, dass sie dabei nicht anbrennt! Kochen lassen, bis der Aufstrich eingedickt ist; dabei häufig umrühren.

3 Honig und Whisky zugeben. Alles gut umrühren und aufkochen lassen. Den Aufstrich in Gläser füllen, Rumpapier auflegen, nach dem Abkühlen verschließen.

TIPP

Dieser Aufstrich schmeckt auf Crêpes ganz besonders verführerisch. Der süße Honig und die säuerliche Zitrone verbinden sich sehr gut zu einem üppigen, samtigen Aufstrich, der natürlich auch auf dem Frühstückstoast einen ganz großen Auftritt hat.

Kürbis mit Zitrus

Tiefgoldener Aufstrich
Für etwa 7 Gläser à 250 Gramm

•

1 kg Kürbisfleisch
2 unbehandelte Orangen
2 unbehandelte Zitronen
90 g frische Ingwerwurzel • 1 Zimtstange
Muskatnuss • 10 Gewürznelken
1 l trockener Cidre • 1 kg Zucker
100 ml Rum oder Weinbrand

1 Kürbisfleisch in Stücke schneiden und in den Topf geben. Orangen und Zitronen zerkleinern und hinzufügen. Ingwer schälen, fein hacken und zusammen mit der Zimtstange, der Muskatnuss und den Nelken ebenfalls in den Topf geben.

2 Cidre aufgießen, die Mischung zum Kochen bringen und die Temperatur herunterschalten. Topfinhalt zugedeckt 1 Stunde lang köcheln lassen, durch ein Sieb streichen und in den gereinigten Topf zurückgeben. Zucker einstreuen und bei milder Hitze unter Rühren auflösen. Aufkochen und Temperatur so herunterschalten, dass die Mischung gleichmäßig und leise sprudelt. Etwa 1 Stunde lang kochen lassen, bis die Masse eingedickt ist.

3 Rum oder Weinbrand zugießen und gut durchrühren. Dann den Aufstrich in Gläser füllen und mit Rumpapier bedecken. Erst nach dem völligen Auskühlen luftdicht verschließen.

TIPP

Zitrusmarmeladen passen hervorragend zu Enten- oder Lammbraten. Die Marmelade einfach erhitzen und kurz vor Ende der Garzeit auf den Braten streichen. Einfach köstlich!

Satsuma-Marmelade

Einfach und köstlich
Für etwa 7 Gläser à 250 Gramm

•

1 kg unbehandelte, kernlose Satsumas
2 große Kochäpfel
1 unbehandelte Zitrone
400 ml trockener Cidre • 2 Zimtstangen
150 ml Weinbrand • 750 g Gelierzucker
15 g Butter

1 Satsumas schälen, Schalen in eine Kasserolle geben. Fruchtfleisch grob zerkleinern und in den Topf geben. Cidre dazugießen. Masse zugedeckt 15 Minuten lang köcheln lassen, dann durchpassieren. Schalen und Flüssigkeit beiseitestellen.

2 Äpfel schälen, entkernen, vierteln und in eine Schüssel geben. Zitronen auspressen, den Saft über die Äpfel gießen, beiseitestellen. Apfelreste und Zitronenschalen fein hacken und in eine kleine Kasserolle geben. Den Cidresud darübergießen und die Zimtstangen dazufügen. Die Mischung zugedeckt 30 Minuten lang bei großer Hitze kochen lassen. Nun die Flüssigkeit in den Einmachtopf seihen, dabei möglichst viel Saft und Fruchtbrei durch das Sieb pressen.

3 Satsumaschalen mit Äpfeln und Zitronensaft im Mixer oder mit dem Pürierstab grob zerkleinern, in den Topf geben, aufkochen, Temperatur herunterschalten und die Masse 20 Minuten köcheln lassen.

4 Weinbrand und Zucker dazugeben. Zucker bei mäßiger Hitze unter Rühren auflösen, Masse 3–5 Minuten bei großer Hitze kochen lassen. In Gläser füllen und luftdicht verschließen.

TIPP

Diese Marmelade passt wunderbar zu Vanilleeis. Man kann sie aber auch zu getoastetem Brot oder warmen Muffins genießen. Gerade Kinder lieben den sanft-säuerlichen Geschmack der Satsumas und das Zimtaroma. Dann sollten Sie allerdings den Weinbrand weglassen. Der wenige Alkohol, der im Cidre enthalten ist, verschwindet beim Kochen.

Rezepte aus dem Vorrat

Auch in den langen, kalten Wintermonaten steht eine ganze Reihe von Früchten zur Verfügung, aus denen sich leckere Einmachspezialitäten zubereiten lassen. So entfaltet Trockenobst in Konfitüren und anderen süßen Köstlichkeiten sein volles Aroma und einen herrlich fruchtigen Geschmack.

Auch Tiefgekühltes lässt sich wunderbar einkochen, und das in kürzester Zeit. Die einzelnen Sorten werden dann mit Äpfeln oder Zitrusfrüchten kombiniert. Wer mag, kann auch auf Obstkonserven oder fertige, ungesüßte Säfte zurückgreifen.

Aprikosenkonfitüre

Schmackhaft und gut
Für etwa 6 Gläser à 250 Gramm

•

500 g getrocknete Aprikosen
4 unbehandelte Zitronen • 500 g Zucker
15 g Butter

1 Aprikosen in eine Schüssel geben und mit 900 Milliliter Wasser aufgießen. Zugedeckt mehrere Stunden lang oder über Nacht einweichen.

2 Zitronen auspressen, die Schalen hacken und mit dem Saft in eine Kasserolle geben. Die Flüssigkeit der Aprikosen zu den Zitronen gießen und aufkochen. Temperatur herunterschalten und alles 1 Stunde lang zugedeckt kochen lassen.

3 Aprikosen in den Topf geben. Den Sud aus der Kasserolle durch ein feines Sieb über die Aprikosen seihen. Die Mischung zum Kochen bringen, Temperatur herunterschalten und etwa 5 Minuten lang köcheln lassen.

4 Zucker einstreuen und unter Rühren völlig auflösen. Falls gewünscht, können an dieser Stelle noch 30 Gramm Mandelblättchen hinzugefügt werden.

5 Die Fruchtmasse kochen lassen, bis sie geliert. Nun die Butter einrühren, um die unerwünschte Schaumbildung zu verringern. Konfitüre in Gläser füllen und sofort luftdicht verschließen.

TIPP

Das Rezept kann auch mit anderen Trockenfrüchten, beispielsweise Pfirsichen, zubereitet werden. Aprikosenkonfitüre passt verdünnt mit einem Spritzer Weinbrand hervorragend zu gekochtem Schinken oder Blauschimmelkäse auf Toast.

TIPP

Selbstverständlich können Sie die tiefgekühlten Zutaten durch frische oder getrocknete Früchte ersetzen. Die Verwendung von Gelierzucker ist aber in jedem Fall angebracht, da Himbeeren wenig Pektin besitzen.

Aprikosen mit Himbeeren

Verlockendes Duo
Für etwa 11 Gläser à 250 Gramm

•

500 g getrocknete Aprikosen
500 g tiefgekühlte Himbeeren
2 unbehandelte Zitronen
1 kg Gelierzucker • 15 g Butter

1 Aprikosen vierteln und zusammen mit den Himbeeren in eine Schüssel eben. Mit 900 Milliliter Wasser aufgießen und mehrere Stunden lang oder über Nacht einweichen.

2 Früchte und Wasser in den Topf füllen. Die Zitronenschale abreiben, den Saft der Zitrusfrüchte auspressen und beides in den Einmachtopf geben. Zitronenschalen fein hacken, in ein Stück Musselin legen, dieses zu einem Säckchen binden und in den Topf hängen.

3 Die Fruchtmischung zum Kochen bringen, Temperatur ein wenig herunterschalten und die Masse zugedeckt 30 Minuten lang köcheln lassen. Musselinsäckchen ausdrücken und entfernen.

4 Zucker in den Einmachtopf einstreuen und unter Rühren völlig auflösen. Die Mischung aufkochen und etwa 4 Minuten lang sprudelnd kochen lassen, bis der Gelierpunkt erreicht ist.

5 Butter einrühren, um die Schaumbildung zu verringern. Dann das Kochgut in vorbereitete Gläser füllen und sofort luftdicht verschließen.

TIPP

Die Pfirsich-Apfel-Konfitüre ist für ein gefülltes Hefebrot bestens geeignet. Einfach einen gewöhnlichen Hefeteig zubereiten, ausrollen und mit der Konfitüre bestreichen. Danach in eine Kastenform legen und wie gewohnt backen.

Pfirsich mit Apfel

Frisches Aroma
Für etwa 7 Gläser à 250 Gramm

•

350 g getrocknete Pfirsiche
350 g getrocknete Apfelringe
1,75 l trockener Cidre
2 unbehandelte Zitronen
500 g Gelierzucker • 15 g Butter

1 Pfirsiche und Apfelringe in grobe Stücke schneiden und in eine Schüssel geben. Cidre darübergießen, mehrere Stunden lang einweichen und gelegentlich umrühren.

2 Die eingeweichten Früchte mit der Flüssigkeit in den Topf umfüllen. Zitronen auspressen und den Saft dazugießen. Die Zitronenschalen fein hacken, in zu einem Säckchen zusammengebundenem Musselin in den Einmachtopf hängen.

3 Den Topfinhalt aufkochen und zugedeckt etwa 30 Minuten lang kochen, bis die Mischung weich ist. Das Musselinsäckchen ausdrücken und entfernen; dann den Zucker unter Rühren vollständig auflösen.

4 Das Einmachgut kochen, bis der Gelierpunkt erreicht ist. Die Butter einrühren. Die Konfitüre in Gläser füllen und luftdicht verschließen.

Kirsche-Johannisbeere

Einfach und lecker
Für etwa 4 Gläser à 250 Gramm

•

700 g schwarze Johannisbeeren
400 g Schattenmorellen
Saft von 2 Zitronen • 700 g Zucker
100 ml Weinbrand

1 Die schwarzen Johannisbeeren in den Einmachtopf füllen. Den Saft der abgetropfte Kirschen und der Zitronen zugeben. 60 Gramm des Zuckers einstreuen und umrühren. Nachdem sich der Zucker aufgelöst hat, die schwarzen Johannisbeeren etwa 20 Minuten lang köcheln lassen, bis sie völlig weich sind.

2 Nun die Kirschen und den restlichen Zucker zugeben. Den Zucker bei milder Hitze unter Rühren völlig auflösen, dann die Mischung noch einmal sprudelnd kochen lassen, bis sie geliert. Den Weinbrand einrühren, die Konfitüre nochmals kurz aufkochen und vom Herd nehmen. Sorgfältig abschäumen, in Gläser füllen und sofort luftdicht verschließen.

TIPP

Der Weinbrand verfeinert den Geschmack der Früchte, ohne ihn zu überdecken. Wenn Sie diese Konfitüre Kindern anbieten wollen, müssen Sie ihn freilich weglassen. Die schwarzen Johannisbeeren brauchen ein Weilchen, bis sie weich gekocht sind, ihre Schalen sind ziemlich hart. Aber das wunderbare Aroma dieser Konfitüre lohnt den Zeitaufwand unbedingt.

Rote Johannisbeere-Ananas

Delikate Kombination
Für etwa 6 Gläser à 250 Gramm

•

700 g rote Johannisbeeren
700 Ananas im eigenen Saft in kleinen Stücken
700 g Zucker • 15 g Butter

1 Johannisbeeren und Ananas in den Einmachtopf geben. Etwa 20 Minuten lang bei milder Hitze zugedeckt kochen lassen, bis die roten Johannisbeeren völlig weich geworden sind.

2 Den Zucker einrühren. Wenn er völlig aufgelöst ist, die Fruchtmasse sprudelnd kochen lassen, bis sie geliert. Die Butter zugeben, um die Schaumbildung zu verringern. Dann die Konfitüre abfüllen und luftdicht verschließen.

TIPP

Aus dieser Konfitüre können Sie in Verbindung mit ringförmigen Donuts einen köstlichen Nachtisch zubereiten, wenn Sie diese leicht mit Rum besprenkeln und die Konfitüre sowie etwas Schlagsahne dazu servieren.

Eingekochte Trockenfrüchte

Frische Köstlichkeit
Für etwa 13 Gläser à 250 Gramm

•

250 g getrocknete Pfirsiche
250 g getrocknete Feigen
250 g getrocknete Aprikosen
250 g getrocknete Birnen
60 g feingehackte, blanchierte Mandeln
3 unbehandelte Zitronen
900 ml trockener Cidre • 500 g Kochäpfel
500 g Zucker • 15 g Butter

1 Alle Trockenfrüchte hacken und zusammen mit den Mandeln in eine Schüssel geben. Die Schalen der Zitrone fein abreiben und auspressen; beides zu den Trockenfrüchten geben. Die Schalenreste der Zitrone beiseitelegen. Nun den Cidre über die Früchte gießen und die Masse 24 Stunden lang ziehen lassen.

2 Danach die Zitronenschalen hacken und in eine Kasserolle legen. Äpfel schälen, würfeln und zur Fruchtmischung geben, die Reste kommen zu den Schalen in der Kasserolle. Mit Wasser bedecken, aufkochen, Temperatur herunterschalten. Zugedeckt 45 Minuten kochen.

3 Die Fruchtmischung einschließlich Saft in den Einmachtopf umfüllen. Den Sud mit den Resten über dem Einmachtopf durchpassieren, dabei so viel Saft und Apfelbrei herauspressen wie möglich. Alles aufkochen, dann die Temperatur herunterschalten und zugedeckt etwa 30 Minuten lang köcheln lassen, bis alle Früchte weich sind.

4 Den Zucker einstreuen und auflösen. Die Masse noch einmal 5 Minuten sprudelnd kochen lassen, bis sie leicht eindickt. Bei Schaumbildung die Butter einrühren. Das Einmachgut in Gläser füllen, sofort luftdicht verschließen.

TIPP

Die Mischung eignet sich hervorragend als Füllung für Törtchen und Pasteten. In Verbindung mit griechischem Joghurt ist sie besonders gehaltvoll.

Rezepte voll im Trend

Marmelade, Konfitüren und Gelees sind ein unerschöpfliches Thema. Immer wieder werden neue Trends erfunden, kommen alte Rezepte wieder in Mode, werden neue Früchte in den Fundus aufgenommen. Lassen Sie sich von unseren neuen Kombinationen inspirieren, probieren Sie aus, was Ihnen gefällt, und erfinden Sie ruhig auch einmal neue fruchtige Kreationen. Ihre Familie wird die Abwechslung auf dem Frühstücktisch freudig begrüßen, und ganz nebenbei haben Sie immer auch ein schönes Mitbringsel für Freunde in der Speisekammer.

TIPP

Konfitüren werden aromatischer und gelingen sicher, wenn Sie Früchte und Gelierzucker vermischt zwischen 12 bis maximal 30 Stunden ziehen lassen. Nur Marmelade mit Zitrusfrüchten müssen Sie gleich kochen, sonst schmeckt sie bitter.

Ananaskonfitüre mit Kokos

Exotisch und frisch
Für 6 Gläser à 250 g

•

800 g frische Ananas, geschält und ohne Strunk (etwa 1 mittelgroße Frucht)
125 ml Apfel-Mangosaft
500 g Gelierzucker (2 plus 1)
4 EL Kokosraspel
4 EL Zitronensaft • 4 EL Kokoslikör

1 Die Ananas in kleine Stücke schneiden. Mit dem Apfel-Mangosaft und dem Gelierzucker in einem großen Edelstahltopf gut vermischen und etwa 12 Stunden zugedeckt in einem kühlen Raum ziehen lassen.

2 Die Mischung unter ständigem Rühren zum Kochen bringen. Sobald sie auch beim Umrühren sprudelnd kocht, noch 4 Minuten weiterkochen. Dabei ständig rühren, damit die Masse nicht ansetzt.

3 Kokosraspel, Zitronensaft und Kokoslikör untermischen, die kochend heiße Konfitüre in saubere, heiß ausgespülte Twist-off-Gläser füllen und sofort verschließen.

Apfel-Quitten-Konfitüre

Mit feinen Stückchen
Für 8 Gläser à 250 g

•

500 g Äpfel (geschält und entkernt)
500 ml Quittensaft
1 kg Gelierzucker (1 plus 1)
1 Zweig Salbei
2 EL Zitronensaft

1 Die Äpfel sehr klein würfeln. Mit dem Quittensaft und dem Gelierzucker in einem großen Edelstahltopf gut vermischen und etwa 12 Stunden zugedeckt ziehen lassen.

2 Für die Zubereitung den Salbei waschen, die Blättchen abzupfen und trockentupfen. Mit einem scharfen Messer in feine Streifen schneiden.

3 Die Apfel-Quittenmischung unter ständigem Rühren zum Kochen bringen. Sobald sie auch beim Umrühren sprudelnd kocht, noch 4 Minuten bei mittlerer Hitze weiterkochen. Dabei nach etwa 3 Minuten den Salbei zugeben. Die kochende Konfitüre ständig umrühren und zum Schluss abschäumen.

4 Den Zitronensaft untermischen, die kochend heiße Konfitüre in saubere, heiß ausgespülte Twist-off-Gläser füllen und sofort verschließen.

TIPP

Am schnellsten geht diese Konfitüre mit Quittensaft ohne Zuckerzusatz aus dem Reformhaus und Bioladen. Wenn Sie den Saft selber machen wollen, brauchen Sie einen elektrischen Entsafter und etwa 1 Kilo reife Quitten.

Bananen-Kiwi-Konfitüre

TIPP

Aus Früchten und Obstsäften, die beim Abwiegen für Konfitüre übrigbleiben, können Sie eine Mehrfrucht-Konfitüre kochen. Zum Kombinieren eignen sich:

- Bananen, Kiwis, Ananas, Äpfel, Aprikosen und Pfirsiche mit hellen Fruchtsäften, gewürzt mit Ingwer oder Zitronenmelisse.
- Erdbeeren, Rhabarber, Kirschen, Karotten, Melonen, Sauerkirschen mit Holundersaft und Himbeersirup, gewürzt mit Vanille, Minze, Grappa oder Weinbrand.
- Brombeeren, Johannisbeeren, Himbeeren, Heidelbeeren mit Holunder- oder Traubensaft, gewürzt mit Vanille, Zimt oder Lebkuchengewürz und Cassis.

Fein und süß
Für 8 Gläser à 250 g

•

2 Zitronen, eine davon unbehandelt
750 g reife, geschälte Bananen
200 reife, geschälte Kiwis
1 kg Gelierzucker (1 plus 1)
4 EL weißer Rum

1 Die unbehandelte Zitrone waschen und abtrocknen. Etwa 1/3 der Schale dünn abreiben. Beide Früchte auspressen. Schale und Saft in einen großen Edelstahltopf geben.

2 Die Bananen mit einer Gabel zerdrücken und sofort mit dem Zitronensaft mischen. Die Kiwis klein würfeln. Zu den Bananen geben, den Gelierzucker zufügen, alles mischen und etwa 12 Stunden zugedeckt ziehen lassen.

3 Für die Zubereitung die Bananenmischung unter ständigem Rühren zum Kochen bringen. Sobald sie auch beim Umrühren sprudelnd kocht, noch 4 Minuten bei mittlerer Hitze weiter kochen. Dabei ständig umrühren und zum Schluss abschäumen.

4 Den Rum untermischen, die Konfitüre kochend heiß in sauber ausgespülte Twist-Off-Gläser geben und sofort verschließen.

Brombeergelee mit Melone

Besonders mild
Für 8 Gläser à 250 g

•

1 kg Brombeeren
300 g Charentais- oder Ogenmelone, geschält und entkernt
1 kg Gelierzucker (1 plus 1)
2 EL Zitronensaft
3 EL Portwein

1 Die Brombeeren verlesen, aber möglichst nicht waschen. Mit $^1/_4$ Liter Wasser zum Kochen bringen und etwa 4 Minuten garen.

2 Ein großes Sieb mit einem Saft- oder Seihtuch auslegen und über den großen Edelstahlkochtopf hängen, in dem das Gelee dann gekocht wird. Die Brombeeren ins Sieb geben und einige Stunden abtropfen lassen. Mit einem großen Löffel gut ausdrücken.

3 Den Saft gegebenenfalls mit Wasser auf gut 700 Milliliter auffüllen. Die Melone klein würfeln und zum Brombeersaft geben. Den Gelierzucker zufügen, alles mischen und 12 Stunden zugedeckt in einem kühlen Raum ziehen lassen.

4 Die Mischung unter ständigem Rühren zum Kochen bringen. Sobald sie auch beim Umrühren sprudelnd kocht, noch 4 Minuten bei mittlerer Hitze weiterkochen. Dabei ständig umrühren, damit die Masse nicht am Topfboden ansetzt, und zum Schluss abschäumen.

5 Den Zitronensaft und den Portwein untermischen, die kochend heiße Konfitüre in saubere, heiß ausgespülte Twist-off-Gläser füllen und sofort verschließen.

TIPP

Brombeersaft selber zu kochen lohnt nur, wenn man die Beeren sammeln kann. Sonst nehmen Sie lieber fertig gekauften Saft: Im Reformhaus oder Bioladen bekommen Sie Apfel-Brombeersaft in 0,7-Liter-Flaschen.

TIPP

Je süßer Früchte oder Säfte sind, desto weniger Gelierzucker brauchen Sie für Gelee und Konfitüre – im Rezept oben sorgt Himbeersirup für Süße. Der geringere Zuckeranteil vermindert allerdings die Haltbarkeit des Eingekochten. Deshalb enthält Gelierzucker 2 plus 1 und 3 plus 1 noch ein natürliches Konservierungsmittel.

Säftegelee mit Pfirsichstücken

Mit leckeren Stückchen
Für 6 Gläser à 250 g

•

300 g reife Pfirsiche, geschält und entsteint • 700 ml Holundersaft
330 ml Schwarze-Johannisbeer-Saft
170 ml Himbeersirup
500 g Gelierzucker (3 plus 1)
Saft von 1 Zitrone

1 Die Pfirsiche klein würfeln. Mit den beiden Säften, dem Himbeersirup und dem Gelierzucker in einem großen Edelstahltopf mischen und etwa 12 Stunden zugedeckt ziehen lassen.

2 Die Zitrone auspressen. Die Konfitüre unter Rühren zum Kochen bringen.

3 Sobald sie auch beim Umrühren sprudelnd kocht, noch 4 Minuten bei mittlerer Hitze weiterkochen. Dabei ständig umrühren und zum Schluss abschäumen.

4 Den Zitronensaft untermischen, die kochend heiße Konfitüre in saubere, heiß ausgespülte Twist-off-Gläser füllen und sofort luftdicht verschließen.

Erdbeer-Aprikose-Konfitüre

Sommerliche Frische
Für 8 Gläser à 250 g

•

700 g reife Erdbeeren
300 g Aprikosen, geschält und entsteint
1 kg Gelierzucker (1 plus 1)
2 EL Zitronensaft

1 Die Erdbeeren und die Aprikosen in sehr kleine Stücke schneiden. Mit dem Gelierzucker in einem großen Edelstahltopf vermischen und etwa 12 Stunden zugedeckt ziehen lassen.

2 Den Topf auf die Kochstelle setzen, die Konfitüre unter Rühren zum Kochen bringen. Sobald sie auch beim ständigem Umrühren sprudelnd kocht, noch 4 Minuten bei mittlerer Hitze weiterkochen. Aufpassen, dass sie nicht ansetzt! Dabei ständig umrühren und zum Schluss abschäumen.

3 Den Zitronensaft untermischen, die kochend heiße Konfitüre in saubere, heiß ausgespülte Twist-off-Gläser füllen und sofort verschließen.

TIPP

Das ist eine richtige »Juli-Konfitüre« für die Zeit, wenn die Erdbeeren schön reif und dazu oft sehr preiswert sind. Die Aprikosen sollten ebenfalls reif, aber noch fest sein: Dann enthalten sie genügend Fruchtsäure, sodass die Konfitüre nicht zu süß wird.

Exoten-Paprika-Gelee

Sehr würzig
Für 8 Gläser à 250 g

•

150 g geschälte Sharonfrüchte
750 ml Multivitamin-Saft
100 ml Granatapfelsaft
1 kg Gelierzucker (1 plus 1)
Saft von 1 großen Zitrone
2 TL Paprikaflocken

1 Die Sharonfrüchte klein würfeln. Mit dem Multivitamin-Saft, Granatapfelsaft und Gelierzucker in einem großen Edelstahltopf mischen und zugedeckt 12 Stunden ziehen lassen.

2 Die Zitrone auspressen. Die Hälfte des Saftes und der Paprikaflocken unter die Geleemischung rühren. Alles unter Rühren aufkochen. Sobald die Mischung auch beim Umrühren sprudelnd kocht, noch 4 Minuten bei mittlerer Hitze weiterkochen. Dabei immer wieder durchrühren, damit sie nicht am Topfboden ansetzen.

3 Den Rest von Zitronensaft und Paprikaflocken untermischen, das kochend heiße Gelee in saubere, heiß ausgespülte Twist-off-Gläser füllen und sofort verschließen.

TIPP

Granatapfelsaft und Multi-Vitaminsaft ohne Zuckerzusatz bekommen Sie in Reformhäusern und Naturkostläden. Der »Multi-Saft« besteht aus Orangen, Äpfeln, Karotten, Birnen und Weintrauben, ergänzt durch das Fruchtmark von Mango, Banane, Acerolakirschen, Passionsfrüchten und Guaven.

Heidelbeerkonfitüre

Besonders fein auf Toast
Für 8 Gläser à 250 g

•

1 kg Heidelbeeren, verlesen
1 kg Gelierzucker (1 plus 1)
2 EL Zitronensaft
2 TL »Persisches Rosengewürz«

1 Die Heidelbeeren in einer Schüssel mit reichlich kaltem Wasser waschen, auf ein großes Sieb abgießen und gut abtropfen lassen. Mit dem Gelierzucker in einem großen Edelstahltopf vermischen und 12 Stunden zugedeckt ziehen lassen.

2 Den Topf auf die Kochstelle setzen, die Konfitüre unter Rühren langsam zum Kochen bringen. Sobald sie auch beim ständigem Umrühren sprudelnd kocht, noch 4 Minuten bei mittlerer Hitze weiterkochen, bis die Masse geliert, und ständig durchrühren, damit sie nicht am Topfboden ansetzen kann.

3 Den Zitronensaft und das Rosen-Gewürz daruntermischen, die kochend heiße Konfitüre in saubere, heiß ausgespülte Twist-off-Gläser füllen und sofort luftdicht verschließen.

TIPP

Das Persische Rosengewürz aus Zimt, Kardamom, Kumin und getrockneten Rosenblättern bekommen Sie über Online-Versand: www.1001gewuerze.de. Auch Arabian-Coffee-Spice-Mischung (→ Seite 92) und das Arabische Orangengewürz (→ Seite 87) können Sie dort bestellen.

TIPP

Die grünen Stielchen der Johannisbeeren geben dem Gelee Aroma und »Stand«. Einfacher und schneller bereiten Sie die Konfitüre mit rotem oder schwarzem Johannisbeersaft aus Reformhaus oder Bioladen zu: Saft mit Nektarinenwürfeln und Gelierzucker mischen, ziehen lassen und wie beschrieben kochen.

Johannisbeergelee mit Schuss

Prickelnde Mischung
Für 8 Gläser à 250 g

•

800 g rote Johannisbeeren
500 g Nektarinen, geschält und entsteint
1 kg Gelierzucker (1 plus 1)
2 EL Orangensaft • 3 EL Aprikosenlikör

1 Die Johannisbeeren waschen, an den Stielen in einen Kochtopf geben und mit dem Kartoffelstampfer zerdrücken. Mit 200 Milliliter Wasser knapp unter den Siedepunkt erhitzen.

2 Ein großes Sieb mit einem Saft- oder Seihtuch auslegen und über den Edelstahlkochtopf hängen, in dem das Gelee gekocht wird. Die Johannisbeeren ins Sieb geben und einige Stunden abtropfen lassen. Mit einem großen Löffel gut ausdrücken.

3 Den Saft gegebenenfalls mit Wasser auf 600 Milliliter auffüllen. Die Nektarinen klein würfeln und zugeben. Gelierzucker zufügen, alles mischen und 12 Stunden lang zugedeckt in einem kühlen Raum gut durchziehen lassen.

4 Die Mischung unter ständigem Rühren zum Kochen bringen. Sobald sie auch beim Umrühren sprudelnd kocht, noch 4 Minuten bei mittlerer Hitze weiterkochen. Dabei ständig umrühren und zum Schluss abschäumen.

5 Orangensaft und Aprikosenlikör untermischen, die kochend heiße Konfitüre in saubere, heiß ausgespülte Twist-off-Gläser füllen und sofort luftdicht verschließen.

Karotten-Orangenmarmelade

Sonnige Farbe garantiert
Für 8 Gläser à 250 g

•

250 g junge Karotten
Etwa $^1/_2$ l Karotten-Orangensaft
2 unbehandelte Orangen (etwa 500 g)
1 kg Gelierzucker (1 plus 1)
1 TL Arabisches Orangengewürz
2 EL Zitronensaft

1 Die Karotten schaben oder ganz dünn schälen und grob raspeln. Mit $^1/_4$ Liter Karotten-Orangensaft in einem Topf aufkochen. Die Karotten zugeben, aufkochen und zugedeckt 5 Minuten garen. Abkühlen lassen.

2 Die Orangen heiß waschen und abtrocknen. Mit einem Sparschäler so dünn schälen, dass keine weiße Haut an den Schalen haftet. Die Schalen in feine Streifen schneiden. Die Früchte mit einem scharfen Messer von der weißen Haut befreien und klein schneiden. Den Saft dabei auffangen.

3 Orangenschalen, Fruchtfleisch und aufgefangenen Orangensaft, die Karotten mit dem Kochsaft mischen und wiegen. Noch so viel Karotten-Orangensaft zugießen, dass die Mischung 1 Kilogramm ergibt. Alles in einem großen Edelstahltopf mit dem Gelierzucker mischen.

4 Den Topf auf die Kochstelle setzen, die Konfitüre unter Rühren zum Kochen bringen. Sobald sie auch beim ständigem Umrühren sprudelnd kocht, noch 4 Minuten bei mittlerer Hitze weiter kochen. Dabei ständig umrühren und zum Schluss abschäumen. Das Orangengewürz und den Zitronensaft daruntermischen, die kochend heiße Konfitüre in saubere, heiß ausgespülte Twist-off-Gläser füllen.

TIPP

Das Arabische Orangengewürz erhalten Sie bei gut sortierten Gewürzhändlern oder online über: www.1001gewuerze.de. Es bringt einen Hauch von Orient in Ihre Marmelade, die sich hervorragend zum Frühstück eignet und ein originelles Geschenk für liebe Freunde ist.

Orangenmarmelade mit Nuss

Köstlich auf Pfannkuchen
Für 8 Gläser à 250 g

•

700 g Moro-Orangen, geschält und ohne weiße Haut
1 große unbehandelte Zitrone
2 unbehandelte Orangen
4 schöne Walnüsse
1 kg Gelierzucker (1 plus 1)
3 EL Orangenlikör

1 Die Moro-Orangen in ganz kleine Stücke schneiden, dabei alle Kerne entfernen. Die Zitrone und die Orangen heiß abwaschen und abtrocknen. Die Zitrone mit der Schale ebenfalls ganz klein würfeln. Die Schalen der Orangen mit einem Sparschäler dünn abschneiden. Schalen in möglichst hauchfeine Streifen schneiden. Die Früchte ebenfalls kleinschneiden und dabei die weiße Haut entfernen. Die Walnüsse knacken, die Kerne nicht zu fein hacken.

2 Alle diese Zutaten mit dem Gelierzucker in einem großen Edelstahltopf vermischen und auf die Kochstelle setzen. Die Marmelade unter Rühren zum Kochen bringen. Sobald sie auch beim ständigem Umrühren sprudelnd kocht, noch 4 Minuten bei mittlerer Hitze weiterkochen. Dabei ständig umrühren und zum Schluss abschäumen.

3 Walnüsse und Orangenlikör untermischen, die kochend heiße Marmelade in saubere, heiß ausgespülte Twist-off-Gläser füllen und sofort luftdicht verschließen.

TIPP

Italienische Moro-Orangen gibt es von November bis Februar. Die Halbblutorangen mit reichlich Saft eignen sich wegen ihres süß-säuerlichen Geschmacks für die Marmelade am besten. Die Zitrone und die unbehandelten Orangen sollten zerkleinert 250 Gramm ergeben. Falls nötig, mit etwas Wasser ergänzen.

Rhabarber-Himbeer-Konfitüre

Frühsommerlicher Genuss
Für 8 Gläser à 250 g

•

600 g Rhabarber
150 g getrocknete Kirschen
250 ml Himbeersirup
1 kg Gelierzucker (1 plus 1)
3 EL Kirschlikör

1 Den Rhabarber waschen und in ganz kleine Stücke schneiden, dabei die Fäden abziehen. Mit den Kirschen, dem Himbeersirup und dem Gelierzucker in einem großen Edelstahltopf vermischen und 12 Stunden zugedeckt ziehen lassen.

2 Den Topf auf die Kochstelle setzen, die Konfitüre unter Rühren zum Kochen bringen.

3 Sobald sie auch beim ständigem Umrühren sprudelnd kocht, noch 4 Minuten bei mittlerer Hitze weiterkochen. Dabei ständig kräftig umrühren, damit die Masse nicht ansetzt, und zum Schluss abschäumen.

4 Den Kirschlikör daruntermischen, die kochend heiße Konfitüre in saubere, heiß ausgespülte Twist-off-Gläser füllen und sofort luftdicht verschließen.

TIPP

Rhabarber bekommen Sie von Mitte April bis Ende Juni aus heimischem Anbau; die Sorte mit roten Stielen schmeckt milder und fruchtiger als die grüne. Für eine gute Konfitüre ist die Frische sehr wichtig: Nehmen Sie nur straffe, saftige Stangen, die frisch, säuerlich und sehr intensiv duften.

TIPP

Unreife grüne Tomaten sind nur giftig, wenn Sie mehr als 2 Kilo davon auf einmal essen. Außerdem machen Kochen und Säure den solaninähnlichen Stoff »Tomatin« unschädlich. Im Oktober, wenn die Sonne nicht mehr zum Reifen der Früchte reicht, sind die Grünen Nachlese im Garten; dann kocht man sie mit Zwetschen als Konfitüre.

Kirsch-Tomaten-Konfitüre

Ungewöhnliche Mischung
Für 8 Gläser à 250 g

•

400 g grüne Tomaten
600 g entsteinte Sauerkirschen
1 kg Gelierzucker (1 plus 1)
$^1/_2$ TL getrocknete Kräuter der Provence
2 EL Zitronensaft
2 EL Tomatensaft

1 Die grünen Tomaten waschen und sehr klein würfeln, dabei die Stielansätze herausschneiden. Mit den Sauerkirschen und dem Gelierzucker in einem großen Edelstahltopf vermischen und 12 Stunden zugedeckt in einem kühlen Raum ziehen lassen.

2 Den Topf auf die Kochstelle setzen, die Konfitüre unter Rühren zum Kochen bringen. Sobald sie auch beim ständigem Umrühren sprudelnd kocht, noch 4 Minuten bei mittlerer Hitze weiterkochen. Dabei nach etwa 3 Minuten die Provence-Kräuter zugeben. Die kochende Konfitüre umrühren, damit die Fruchtmischung nicht am Topfboden anliegt. Zum Schluss abschäumen.

3 Den Zitronensaft und den Tomatensaft daruntermischen, die kochend heiße Konfitüre in saubere, heiß ausgespülte Twist-off-Gläser füllen und sofort luftdicht verschließen.

Tomatenkonfitüre mit Ingwer

Zu pikanten Gerichten
Für 8 Gläser à 250 g

•

1 kg vollreife, geschälte Tomaten
50 g eingelegter Ingwer in Sirup
1 kg Gelierzucker (1 plus)
Saft von 1 Zitrone
2 EL Ingwersirup

1 Die Tomaten in Stücke schneiden und dabei die Stielansätze entfernen. Den Ingwer in kleine Würfel schneiden. Beide Zutaten mit dem Gelierzucker in einem großen Edelstahltopf vermischen und etwa 12 Stunden zugedeckt ziehen lassen.

2 Für die Zubereitung die Zitrone auspressen. Die Tomaten mit einem Kartoffelstampfer etwas zerdrücken. Mischung unter ständigem Rühren zum Kochen bringen. Sobald sie sprudelnd kocht, noch 4 Minuten bei mittlerer Hitze weiterkochen. Dabei ständig umrühren, damit die Fruchtmischung nicht am Topfboden ansetzt. Zum Schluss abschäumen.

3 Den Zitronensaft und das Ingwersirup untermischen, die kochend heiße Konfitüre in saubere, heiß ausgespülte Twist-off-Gläser füllen und sofort luftdicht verschließen.

TIPP

Diese Konfitüre schmeckt wie Chutney auch zu Käse oder kaltem Braten. Statt Ingwer können Sie mediterrane Kräuter wie Rosmarin, Thymian oder Basilikum nehmen: Kräuter waschen und sehr gut trockentupfen. Rosmarin und Thymian nicht abzupfen, sondern die Zweige in die Tomaten-Zuckermischung legen und mit ziehen lassen. Mit in die Gläser füllen oder vorher entfernen. Basilikumblättchen abzupfen, fein schneiden und erst nach etwa 3 Minuten Kochzeit in die Konfitüre geben.

Zwei-Kirschen-Konfitüre

TIPP

»Arabian Coffee Spice«-Mischung (zu bestellen unter www.1001gewuerze.de) besteht aus Kardamom, Zimt, Muskat, Piment, Pfeffer und Gewürznelken. Als Alternative können Sie auch je 1 große Messerspitze gemahlene Vanille, Orangenschalenpulver und Lebkuchengewürz nehmen.

Duft wie im Orient
Für 8 Gläser à 250 g

•

800 g entsteinte Kirschen
200 ml Sauerkirschsaft
1 kg Gelierzucker (1 plus 1)
2 EL Zitronensaft
2 EL türkischer Raki
1 TL »Arabian Coffee Spice«-Mischung

1 Die Kirschen mit dem Sauerkirschsaft und dem Gelierzucker in einem großen Topf vermischen und 12 Stunden ziehen lassen.

2 Den Topf auf die Kochstelle setzen, die Konfitüre unter Rühren zum Kochen bringen. Sobald sie auch beim ständigem Umrühren sprudelnd kocht, noch 4 Minuten bei mittlerer Hitze weiterkochen. Dabei ständig umrühren, damit die Fruchtmischung nicht am Topfboden ansetzt. Zum Schluss abschäumen.

3 Den Zitronensaft, den Raki (nehmen Sie eine gute Sorte, sonst schmeckt er nicht; als Ersatz eignen sich Kirschwasser und Grappa) und die Coffee-Spice-Mischung unterrühren, die kochend heiße Konfitüre in saubere, heiß ausgespülte Twist-off-Gläser füllen und sofort luftdicht verschließen.

Zwetschen-Vanillekonfitüre

Köstlich im Advent
Für 8 Gläser à 250 g

•

1 kg vollreife, entsteinte Zwetschen
1 kg Gelierzucker (1 plus 1)
2 EL Zitronensaft • 2 EL Weinbrand
1 gestrichener TL gemahlene Vanille
1/2 TL gemahlene Orangenschale
1/2 TL Cayennepfeffer
1/4 TL Lebkuchengewürz

1 Die Zwetschen in kleine Stücke schneiden. Mit dem Gelierzucker in einem großen Topf vermischen und 12 Stunden ziehen lassen.

2 Für die Zubereitung die Vanille mit der Orangenschale, dem Cayennepfeffer und dem Lebkuchengewürz in einem Schälchen mischen.

3 Den Topf auf die Kochstelle setzen, die Konfitüre unter Rühren zum Kochen bringen. Sobald sie auch beim ständigem Umrühren sprudelnd kocht, noch 4 Minuten bei mittlerer Hitze weiterkochen. Dabei ständig umrühren, damit die Fruchtmischung nicht am Topfboden ansetzt. Zum Schluss abschäumen.

4 Den Zitronensaft, den Weinbrand und die Gewürzmischung unterrühren, die kochend heiße Konfitüre in saubere, heiß ausgespülte Twist-off-Gläser füllen und sofort verschließen.

TIPP

Für eine gemischte Herbst-Konfitüre nehmen Sie 500 Gramm Zwetschenstücke und je 1/4 Liter Holunder- und Birnensaft.
Im Sommer kochen Sie die Konfitüre mit Kirschen und Orangensaft oder mit Aprikosen und Johannisbeersaft. Im Herbst und Winter schmecken frische Ananas mit Apfelsaft oder Äpfel mit Quittensaft.

Über dieses Buch

Die Autorin

Dr. Barbara Rias-Bucher, Mitglied des Food Editors Club, arbeitet seit über 20 Jahren für renommierte Verlage. International bekannt wurde sie durch ihre mehrfach ausgezeichneten Bücher zu vegetarischer und vollwertiger Ernährung. Die Auflage ihrer über 150 Bücher liegt bei mehr als 2,5 Millionen.
Barbara Rias-Bucher zählt zu den wichtigsten deutschen Autoren für Koch- und kulinarische Sachbücher. Sie gilt als Expertin für alternative Ernährungsformen, die auch Feinschmecker mögen. Daneben hat sich die studierte Historikerin auf regionale kulinarische Traditionen und auf die internationale Kultur des Essens spezialisiert.

Bildnachweis

Alle Fotos: Weltbild Fotoarchiv, außer: Arras, Klaus / Stockfood: S. 86; Begovic, Damir / Stockfood: S. 81; Bender, Uwe / Stockfood: S. 65, 80; Bischof, H. / Stockfood: S. 64, 79, 88; Eising / Stockfood: S. 38, 41, 43, 72; Gabula Art-Foto / Stockfood: S. 62; Hamon, J.-F. / Stockfood: S. 63; Heinze, Winfried / Stockfood: S. 52, 87; Kaktusfactory, Ninprapha Lippert / Stockfood: S. 53; Rees, Peter / Stockfood: S. 54, 90; Scarlini/Bender / Stockfood: S. 45, 71, 75, 78, 83, 85; Schmid, Ulrike / Stockfood: S. 51; Schnare & Stief / Stockfood: S. 59; Schwarzwald, Oliver / Stockfood: S. 50; Treloar, Debi / Stockfood: S. 84; Urban/Urban / Stockfood: S. 82

Haftungsausschluss

Die Inhalte dieses Buches sind sorgfältig recherchiert worden. Dennoch kann weder die Autorin noch der Verlag für die Angaben in diesem Buch eine Haftung übernehmen.

Ein Hinweis in eigener Sache

Unsere Rezepte werden von erfahrenen Autoren kreiert und erprobt. Wir freuen uns jedoch über Anregungen, Tipps oder Kritik und helfen bei Fragen gerne weiter. Bitte wenden Sie sich an:
Weltbild Buchverlag, Steinerne Furt 67, 86167 Augsburg oder schicken Sie uns eine E-Mail an: Gabriele.Beck@weltbild.com

Impressum

Weltbild Buchverlag
–Originalausgaben–

Steinerne Furt 67,
86167 Augsburg

Projektleitung:
Dr. Ulrike Strerath-Bolz
Redaktionelle Mitarbeit:
Bettina Grammer und Franziska Stock
Umschlaggestaltung:
X-Design, München
Umschlagfoto:
FoodPhotography Eising/Stockfood
Layout und Satz:
Dirk Risch, Berlin
Reproduktion:
Point of Media GmbH, Augsburg,
und Geiger Druck- und Verlagsservice, Oettingen
Druck und Bindung:
Firmengruppe APPL, aprinta druck, Wemding

Gedruckt auf chlorfrei gebleichtem Papier

Printed in the EU

ISBN 978-3-89897-678-7

Rezeptregister von A bis Z

Sachregister und Zutaten